교과서에 나오는 우리 고전 새로 읽기 4
고미담 고미답
• 호걸 소설 •

교과서에 나오는 우리 고전 새로 읽기 **4**

고 전은 **미래**를 **담**은 그 릇

고 전이 **미래**의 **답**이 다

정진 글 | 김주경 그림

아주 좋은 날

고전은 참 신비한 힘을 가진 생물 같습니다.

어린 시절부터 흰머리가 생긴 어른이 될 때까지, 읽을 때마다 카멜레온처럼 변합니다. 새로운 발견과 깨달음을 주기 때문이지요.

이번에 소개하는 〈박씨전〉과 〈홍길동전〉, 〈조웅전〉은 누군가의 꿈이 되어 주었던 이야기들입니다. 또 앞으로도 누군가의 꿈이 될 가치가 있는 이야기들입니다.

〈박씨전〉은 여성들이 사회 활동을 할 수 없었던 시대에, 남편과 아들의 그늘에 가려져 자신의 이름조차 없었던 여성들이 꿈을 갖도록 도와준 작품입니다. 조선 시대라는 가부장적 사회에서 여성 영웅 소설이 나왔다는 점도 놀랍지요.

박 씨는 추한 외모 뒤에 재주와 비범한 능력이 가려져 빛날 수 없었습니다. 그러나 외모가 추할 때나, 아름답게 변했을 때나 그녀의 의로움은 한결같았습니다. 재주나 인격이 외모와 상관이 없다는 점을 깨닫게 해 주는 이야기이지요. 또한 여자든 남자든 누구나 영웅과

리더가 될 수 있다는 것을 가르쳐 줍니다.

위기에 처한 나라를 구하며 큰 공을 세운 박 씨는 여자라는 이유로 이름이 없었습니다. 오늘날 21세기를 살아가는 여성들에게 자기 이름이 있다는 것은 너무나 당연한 일인데 말입니다.

박 씨 같은 훌륭한 주인공조차 작품 속에 이름을 남길 수 없었던 점에서, 앞서 살다 간 우리 여성 선조들이 자신의 이름조차 갖지 못했다는 사실을 새삼 깨닫게 됩니다. 그분들이 겪은 고통과 역경이 밑거름이 되어 후세의 우리가 자유와 권리를 누리게 된 것이겠지요.

'후손들을 위하여' 혹은 '나중에 살아갈 자손들을 위하여' 지금 나는 무엇을 할 수 있고, 무엇을 극복하기 위해 노력해야 하는지 생각하게 하는 대목입니다.

〈홍길동전〉에서는 남자로 태어나 자기 이름은 지켰지만 자신의 능력과 재주를 마음껏 발휘할 수 없었던 안타까운 주인공이 등장합니다. 태어나자마자 노비의 아들이라는 이유로 벼슬길이 막혀 버린 홍길동은 억울하게도 아무런 꿈도 품을 수가 없었습니다.

그런 그가 옛이야기를 통해 오래도록 남아 여전히 우리에게 사랑받는 까닭은 무엇일까요? 고된 운명을 개척하며 자신의 존재를 증명한 모습과, 누군가의 도움 없이 스스로 꿈을 이룬 점 때문이 아닌가 싶습니다. 덕분에 〈홍길동전〉의 독자들에게 '홍길동'이란 이름은 역경을 헤치고 자신의 꿈을 이룬 '희망'을 상징하게 되었습니다.

홍길동은 서자의 설움을 극복하고 조선 시대의 신분제를 비웃은 영웅입니다. 그런 홍길동을 그린 허균이라는 훌륭한 작가 덕분에 우리는 신분의 차별이 없는 세상에서 마음껏 자유를 누리게 되었습니다.

자신이 처한 험난한 환경을 적극적으로 극복하고, 또 자신을 해치려는 사람들로부터 스스로를 떳떳이 지킬 수 있었던 홍길동의 진취적인 자세를 닮고 싶어집니다.

〈조웅전〉에는 주인공 조웅을 도와주는 세 명의 도사들이 나옵니다. 그중에서 조웅이 훗날의 스승인 철관 도사를 만나는 장면은 흥미롭습니다. 좋은 스승을 찾아 나선 조웅은 여러 번 허탕을 쳐도 포기하지 않고 겸손하고 간절하게 기다립니다. 그 정성이 통해서 철관 도사는 조웅의 스승이 되어 주고, 조웅은 그 스승의 가르침을 따르지요. 스승과 한 약속을 지키기 위해 최선을 다하는 조웅에게 우리는 많은 것을 배웁니다. 사람에 대한 믿음과 의리는 시대를 초월한 가치를 간직하고 있으니까요.

이렇게 우리 고전들은 당대 사람들이 겪던 아픔과 슬픔, 상처를 이야기를 통해 어루만져 주었습니다. 또한 가치 있는 이상향을 바라보며 주저앉지 않고 앞으로 나아가는 주인공들을 통해 희망과 응원을 전했습니다.

허균을 비롯해 멋진 고전들을 남겨 주신 우리 조상님들께 감사와 존경을 보냅니다.

차
례

박씨전

하늘이 맺어 준 인연

인조 임금이 조선을 다스리던 시절의 이야기다. 한양성 안국방에 이득춘이란 재상(임금님을 보좌하는 제일 높은 정치가)이 살았다. 그는 시와 문장이 뛰어나고 무예와 덕성까지 갖추어 '상공'(재상을 높여 이르던 말)이라고 불렸다. 또한 그는 사람을 알아보는 눈을 가지고 있었다.

이득춘은 일찍 결혼을 했지만 오랫동안 자식이 생기지 않았다. 그러다 귀하게 얻은 아들에게 '시백'이란 이름을 지어 주었다. 시백은 몹시 총명해서 사서삼경(유교의 가르침이 담긴 일곱 가지 기본 경전)을 일찍이 깨우쳤다. 여러 방면에서 총명한 아들을 상공은 몹시 자랑스럽게 여겼다.

하루는 상공이 사랑채에 홀로 앉아 있는데, 어떤 사람이 칡으로 짠 두건에 베옷 차림으로 찾아왔다. 겉모습은 초라했지만 상공은 그가 평범한 사람이 아님을 알아보았다.

그는 금강산에 사는 박 처사(세상에 나서지 않고 산속에 묻혀 사는 선비)라고 자신을 소개하면서 상공의 뛰어난 바둑과 옥피리 솜씨를 보고 싶다고 했다. 그리하여 상공은 박 처사와 바둑을 몇 차례 두었지만 번번이 지고 말았다. 또한 박 처사가 옥피리를 불자, 매서운 바람이 일어나더니 꽃나무가 뿌리째 뽑혀 버렸다. 상공은 그 광경에 탄복하며 박 처사를 귀한 손님으로 극진하게 대접했다.

"상공의 아드님이 재주와 슬기가 뛰어나다고 들었습니다. 아드님을 잠깐 뵐 수 있겠습니까?"

박 처사가 뜻밖의 말을 꺼냈다. 상공은 박 처사에게 아들 시백을 인사시켜 주었다. 그러자 시백을 찬찬히 살펴보던 박 처사는 이렇게 말했다.

"아드님은 나중에 진정 귀한 인물로 자랄 겁니다. 머리 모양은 봉황(고대 중국에서 신성시했던 상상의 새로, 수컷을 봉, 암컷을 황이라고 함)을 닮았고, 얼굴은 용의 상이니 반드시 재상이 될 것입니다."

이어서 박 처사는 자신이 찾아온 진짜 이유를 밝혔다.

"저에게 딸이 하나 있는데, 재주가 뛰어나며 슬기롭고 착합니다. 혼인은 하늘이 정해 주는 대로 이루어진다고 하는데, 상공의 아드님만한 인물이 없는 것 같습니다. 그러니 제 딸과 혼인을 허락해 주신다면 고맙겠습니다."

상공은 마음속으로 생각했다.

'박 처사란 사람이 비범하고 신기한 재주가 많으니, 내 아들이 그의 사위가 된다면 반드시 좋은 일이 있으리라.'

상공은 망설이지 않고 기쁘게 혼인을 허락했다. 그리고 혼례를 약속한 날이 가까워지자, 박 처사가 살고 있다는 금강산으로 찾아갔다.

아들 시백을 데리고 금강산에 들어간 상공은 한참을 헤매었다. 여러 날을 고생하다가 깊은 산골짜기에서 간신히 박 처사를 만나게 되었다.

"여기까지 오느라 고생이 많으셨습니다."

박 처사가 앞장서 상공 부자를 집으로 이끌었다. 박 처사의 거처에는 금강산 제일봉의 층암절벽이 병풍처럼 둘러 있고, 푸른 소나무와 대나무가 빽빽이 자라고 있었다. 신비한 꽃과 풀 향기가 사방에 그윽했으며, 봉황과 공작이 둘씩 짝을 지어 날아다니며 노래하고 있었다. 문 앞에는 버드나무가 서 있고, 연못에는 탐스러운 연꽃이 피어 있었다.

"자, 어서 혼례를 올립시다."

상공이 아들 시백을 재촉하여 혼례복을 입게 했다. 이윽고 박 처사도 신부를 단장하여 데리고 나왔다. 혼례를 치르고 신랑은 큰 방으로 인도하고 신부는 작은 방으로 들어갔다.

"산속이라 특별히 맛있는 음식이 없습니다. 송화주(소나무 꽃으로 빚은 술)라도 한잔 하시지요."

박 처사가 친히 술을 부어 상공에게 권하였다. 함께 온 하인들도 각각 한 잔씩 받아 마셨다. 그 한 잔 술에 취해 버린 상공과 하인들은 깜빡 잠이 들어 버렸다.

다음 날, 박 처사가 살며시 웃으며 말했다.

"송화주 한 잔에 그리도 취하시다니! 가는 길에 고생하실까, 술은 더 권하지 못하겠군요."

상공과 하인들은 어리둥절할 뿐이었다.

"오늘 제 딸을 데리고 가십시오."

그리하여 상공 일행은 신랑이 탔던 말에 신부를 태워 길을 나섰다. 상공과 하인들이 짐을 싣고 떠날 때, 박 처사는 이별 인사를 하며 훗날 다시 보자고 약속했다.

흉측한 외모, 비범한 재주

상공 일행은 한참을 걸어가다 날이 저물어 여관에서 머물게 되었다. 여관방에 들자, 그동안 얼굴을 계속 가리고 있던 신부가 쓰개치마를 벗고 자리에 앉았다. 그 순간, 상공은 처음으로 신부의 얼굴을 똑똑히 보았다.

'으악!'

상공은 가까스로 비명을 참았다. 얼굴이 괴물처럼 흉해서 다시 보기가 겁날 지경이었다. 피부는 오래된 돌덩이에 낀 이끼처럼 누렇게 떠 있고, 코는 입에 거의 닿을 것처럼 늘어져 있었다. 눈은 달팽이처럼 툭 불거져 나왔으며 입은 두 주먹을 넣어도 남을 만큼 컸다. 게다

가 이마는 메뚜기처럼 좁았고 머리털마저 거칠고 부스스했다.

'딸이 이렇게 끔찍하게 못생겼으면 평생 데리고 사는 게 낫건만! 어찌 남의 집에 시집보낼 생각을 했을까? 박 처사가 혼인을 하자고 한 것을 보면 반드시 며느리에게 말 못 할 사연이 있을 것이다. 못생겼다고 구박하면 며느리는 세상에서 버려진 사람이 되고 말 테니, 나라도 며느리를 소중히 여겨야 옳다. 그리하면 하늘에서도 복을 내릴 것이다.'

상공은 어지러운 마음을 다잡았다. 그리고 아들에게 침착하게 말했다.

"오늘 신부를 보니 내 집에는 복이 오고, 너에게는 한없이 큰 경사가 있을 것 같구나!"

가는 길 내내 상공은 신부의 마음을 살피면서 음식도 각별하게 챙겨 주었다.

여러 날 뒤에 집에 돌아오니 집안은 난리가 났다. 일가친척은 물론 장안의 벼슬아치 부인들까지 신부를 보고는 기겁을 했다. 상공의 부인도 어서 신부를 다시 친정으로 보내라고 야단이었다. 하지만 상공은 오히려 부인을 나무랐다.

"제아무리 아름다운 미인이라도 행실이 좋지 않으면 아무 소용이 없소. 당신은 양귀비(중국 당나라 현종의 귀비) 이야기도 모르오? 천하제일의 미인이었지만 행실이 못되어 나라를 망쳤다고 하지 않소.

어찌 미모만 생각하고 덕을 모르시오? 며느리는 우리 집안의 복이 될 테니, 앞으로 잘 대해 주시오."

상공의 말은 집안사람들에게 통하지 않았다. 부인은 며느리 박 씨를 미워했고, 남편인 시백도 신부의 방에 찾아가지 않았다. 그러니 하인들마저 박 씨를 우습게 여겼다.

외톨이가 된 박 씨는 슬픔을 견디며 지낼 수밖에 없었다. 남편이 외면하고 시어머니가 미워하니 괴로움은 커져만 갔다.

"아버님, 뒤뜰에 좁은 방 한 칸을 마련해 주시면 감사하겠습니다. 그곳에서 제 한 몸 감추고 조용히 살겠습니다."

박 씨가 부탁하자, 상공은 마음이 몹시 아팠지만 허락해 주었다. 상공은 뒤뜰에 좁은 방 서너 칸을 아담하고 깨끗하게 지어 주었다. 그리고 여종 계화와 더불어 따로 살도록 해 주었다.

그러던 어느 날, 상공은 벼슬이 올라 우의정이 되었다. 다음 날 아침이면 임금님을 뵈러 대궐로 들어가야 했다. 그런데 입고 갈 조복 (관원이 조정에 나아가 하례할 때에 입던 예복)이 없었다. 실로 다급하고 당황스러운 일이었다.

그 소식을 들은 박 씨가 여종인 계화에게 말했다.

"조복을 지을 옷감을 가져오너라."

박 씨는 촛불을 밝히고 조복을 짓기 시작했다. 솜씨 좋은 바느질꾼들이 옆에 앉아 구경하다가 입을 딱 벌렸다. 박 씨의 바느질 솜씨가 아주 뛰어났기 때문이었다.

박 씨는 하룻밤 사이에 조복을 다 완성했다. 앞에는 봉황을 새기고 뒤에는 푸른 학을 수놓았는데, 한 군데도 흠잡을 데가 없었다.

"신선의 솜씨로다! 사람의 재주가 아니로구나."

상공은 몹시 기뻐했고, 조복을 보는 사람마다 감탄하였다.

드디어 상공이 조복을 입고 대궐에 들어가 임금님께 공손히 절을 올렸다. 임금님이 상공을 유심히 보다가 물었다.

"경의 조복은 누가 지은 것이오?"

"신의 며느리가 지었나이다."

"경은 어찌하여 며느리를 고생시키며, 혼자 지내게 하오?"

그 말을 들은 상공은 등줄기에 식은땀이 흘렀다.

"전하께서 어찌 그런 일까지 아십니까?"

"경의 조복을 보면 다 알 수 있소. 앞에 수놓은 봉황은 짝을 잃고 슬퍼하고 있소. 또한 뒤에 수놓은 푸른 학은 흰 눈이 가득 덮인 산과 들에서 먹을 것을 찾지 못해 굶주린 기색이구려. 도대체 무슨 까닭이오?"

상공은 임금님 앞에서 감히 숨기지 못하고, 땅에 엎드려 아뢰었다.

"신의 며느리가 얼굴이 매우 흉합니다. 그래서 못나고 어리석은 제 아들놈이 며느리와 같은 방을 쓰지 않고 있습니다. 그리하여 며느리 홀로 외롭게 지내고 있나이다."

"하지만 배고픔과 추위를 겪고 있는 것은 어찌 된 일이오? 신선과도 같은 자수 솜씨에서 경의 며느리가 지닌 고결한 성품을 읽을 수 있소. 내가 박 씨를 위하여 매일 쌀 서 말을 내릴 것이니 부디 잘 대해 주고 각별히 보살피시오."

상공은 집에 돌아오자마자 부인과 시백을 불러들였다. 임금님께서 하신 말씀과 매일 쌀 서 말을 내리신다는 일도 들려주었다.

"내가 전부터 덕 있는 사람을 무시하고 모질게 대하지 말라 하였건 만! 너는 내 말을 듣지 않아 결국 오늘 임금님께 이런 꾸중을 듣게 만들었구나. 어찌 이다지도 못났느냐?"

시백은 두려운 마음에 엎드려 다음부터는 절대로 그러지 않겠다고 다짐하였다. 이날부터 하인들은 나라님이 내린 쌀 서 말로 한 끼에 한 말씩 밥을 지어 박 씨에게 주었다. 박 씨는 그 밥을 다 먹었다. 그 후로는 집안사람들이 감히 박 씨를 함부로 대하지 못했다.

얼마 후, 박 씨가 상공을 문안하고 청을 올렸다.

"우리 집안 형편이 그다지 넉넉하지 못하오니, 재산을 늘리는 방법을 찾아보는 것이 좋을 듯합니다."

그 말을 의아하게 여기는 상공에게 박 씨가 계속 말하였다.

"내일 종로에 가시면 제주도에서 온 말들이 많이 있을 것입니다. 하인에게 명하시어 그 말들 중 가장 성질이 사납고 비루먹은(피부가 헐어서 털이 빠진) 망아지를 삼백 냥을 주고 사 오라 하십시오."

상공은 며느리의 신통한 능력을 알고 있어서 그렇게 하도록 했다. 박 씨가 시키는 대로 그런 망아지를 삼백 냥에 사 와서는 박 씨가 시키는 방법대로 키웠다. 그러자 볼품없던 망아지는 2년이 지나 아주 훌륭한 말이 되었다. 그러고는 그 말을 박 씨가 시키는 대로 중국 사신에게 삼만 냥에 팔 수 있었다. 상공은 며느리의 신통한 능력과 앞날을 내다보는 현명함에 탄복할 뿐이었다.

어느 날, 박 씨는 여종인 계화를 시켜 뒤뜰에 있는 좁은 방 주변에 나무를 무성히 심도록 했다. 그 나무가 자라서 가지를 뻗어 나가자 마치 용과 범이 머리와 꼬리를 맞물고 있는 듯했다. 그러더니, 좁은 방문 위에 '피화당'(나쁜 일을 피하는 집)이라고 쓴 현판을 달아 놓았다.

이 무렵, 나라의 인재를 널리 구하기 위해 임금은 과거(우리나라와 중국에서 관리를 뽑기 위해 시행한 시험)를 열기로 했다. 아니나 다를까, 시백도 마침 과거를 보러 갈 참이었다.

하루는 박 씨가 꿈에서 청룡이 연못에서 나와 연적(벼루에 먹을 갈 때 쓸 물을 담아 두는 그릇)을 물고 방으로 들어오는 모습을 보았다. 꿈에서 깨어 연못가로 가 보니 바로 그 연적이 그곳에 있었다. 박 씨는 이튿날 아침, 과거를 보러 가는 시백에게 연적을 주려고 불렀지만 시백은 박 씨의 거처를 찾지 않았다.

"사내대장부가 과거를 보러 가는 길인데, 한낱 여인이 무슨 일로 나를 오라 가라 하느냐?"

박 씨는 한숨을 내쉬면서 계화를 통해 연적을 전했다.

"이것을 시험장에서 쓰시라고 해라."

시백은 그 연적을 받아 과거 시험장으로 들어갔다. 시험 제목을 보자마자 연적을 기울여 먹을 갈아서 단숨에 글씨를 써 내려갔다. 시백은 누구보다 먼저 글을 마무리했다.

과거 발표날, 이시백의 장원 소식이 방방곡곡에 알려졌다.

따듯한 봄날, 어린 나이에 급제한 이시백의 얼굴은 마치 하늘에서 내려온 신선처럼 빛나고 있었다. 장안의 모든 사람들이 시백을 구경하러 나와 왁자지껄하였다. 그러나 그 순간에도 박 씨는 홀로 외롭게 있었다.

나비처럼 허물을 벗다

어느덧 박 씨가 시집을 온 지 3년이 지났다. 박 씨는 시댁 어른들의 허락을 받고 금강산에 있는 친정에 다녀왔다. 박 씨가 그 멀고 험한 길을 이틀 만에 다녀오자, 상공은 다시 한번 놀랐다.

"친정아버님이 며칠 뒤에 이곳으로 온다고 하셨습니다."

이 말을 들은 상공은 기뻐하며 박 처사를 위한 술과 안주를 많이 장만해 놓았다. 얼마 후 박 처사와 만난 상공은 미안한 마음을 솔직하게 표현했다.

"사돈에게 죄를 많이 지어서 부끄럽습니다. 덕 있는 며느리를 슬픔 속에 지내게 하였으니, 다 제가 어리석고 못난 탓입니다!"

"제 딸의 얼굴이 못생겼지만 그 또한 제 자식의 팔자입니다. 사돈 덕택으로 딸이 이때껏 살 수 있었답니다. 사돈의 은혜가 훨씬 큽니다."

상공과 박 처사는 서로를 따스하게 위로하였다. 술과 안주를 서로 권하고, 바둑을 두며 옥피리도 즐거이 불었다.

박 처사는 떠나기 전에 박 씨를 불러 일렀다.

"이제 너의 불행한 운수가 다 지나가리라. 곧 허물을 벗게 될 거다."

그날 밤, 박 씨는 깨끗이 목욕하고 뜰에 나와 하늘을 향해 두 손을 모으고 빌었다.

이튿날이었다. 박 씨가 계화를 불러 놀라운 모습을 보여 주었다.

"내가 간밤에 허물을 벗었으니, 대감께 내 허물을 담을 함을 옥으로 짜 주십사고 부탁드려라."

놀랍게도 그렇게도 못생겼던 박 씨의 얼굴이 옥같이 예쁘고 달덩이처럼 환하게 변했다. 게다가 몸에서 나는 향기가 방 안에 가득했다. 어찌나 아름답고 고운 모습인지, 양귀비 같은 미인도 따라오지 못할 정도였다.

계화가 한걸음에 달려 나와 상공을 뵈러 갔다. 얼굴에 기쁨이 가득하고 바쁘게 뛰어 숨이 가빴다.

"무슨 일이 있기에 그렇게 좋아하며 어쩔 줄을 모르느냐?"

계화는 박 씨가 허물을 벗고 변한 모습을 알렸다. 또 옥으로 만든 함이 필요하다는 말도 덧붙였다.

"이게 꿈이냐, 생시냐?"

상공은 급히 계화를 따라 피화당에 들어갔다.

"제가 드디어 간밤에 허물을 벗었습니다. 아버님, 옥으로 함을 짜 주시면 그 허물을 담아 좋은 땅에 묻으려고 합니다."

상공이 보니 며느리는 하늘에서 내려온 선녀도 부럽지 않을 정도로 아름다운 여인으로 변해 있었다. 너무 아름다워 상공은 입을 다물지 못하고 방을 나왔다.

상공은 며느리의 부탁대로 옥으로 된 함을 짜서 들여보냈다. 그리고 안채로 가서 부인과 아들 시백에게 이 사실을 전했다.

온 집안 식구들이 발걸음을 다투어 피화당에 가 보았다. 선녀처럼 아름다운 박 씨의 얼굴과 자태는 아무리 보아도 이 세상 사람 같지 않았다. 누구라도 그 신기함에 놀라지 않을 수가 없었다.

이 사실을 알게 된 시백은 너무 놀라서 충격을 받았다. 또한 그동안 무시하고 모질게 대했던 자신이 부끄러워 면목이 없었다. 시백은 결국 끙끙 앓다가 병이 나서 먹지도 못하고 잠도 제대로 잘 수가 없었다. 그 모습을 보고 박 씨가 남편을 불러오게 하였다.

"서방님께서는 제가 못생겼다 하여 사람으로 여기지도 않았습니다. 그래서 저는 그동안 마음고생을 했습니다만 서방님이 아프시니 예전의 설움은 묻기로 했습니다. 앞으로는 겉모습만으로 사람을 판단하지 마시고, 몸과 마음을 닦아 집안을 훌륭하게 다스리시기 바랍니다."

시백은 진심으로 뉘우치며 공손하게 말했다.

"나의 무지함으로 그대를 슬프게 하였소. 지금은 너무나 후회스럽소만, 지난 일은 돌이킬 수 없으니……. 부인이 이리 노여움을 푸니 이제 살 것 같소!"

그날 밤에 박 씨와 시백은 처음으로 함께 잠자리를 같이했다. 부부는 그제야 결혼 생활의 즐거움을 누리게 되었다..

청나라의 음모

시백은 조정의 일을 보고 난 후 집에 돌아와서는 박 씨와 온갖 일을 의논하기 시작했다. 그만큼 부인의 현명함을 믿었기 때문이다.

그러던 어느 날 시백은 한림으로 직위가 오르면서 평안 감사로 임명을 받았다. 평양에 도착하여 백성의 어려움과 수령의 잘잘못을 은

밀히 살펴 잘 다스렸다. 일 년이 지나자 평안도에는 새로 온 감사가 백성을 잘 보살핀다는 소문이 자자하게 되었다.

임금님이 그 소문을 듣고 기특하게 여겨 시백을 병조 판서(조선 시대 군사 업무를 책임지던 병조의 우두머리)에 임명했다. 시백은 임금님의 명령을 받고 다시금 한양으로 내려왔다.

갑자년(1624년) 8월에는 시백이 임금님의 명령을 받고 사신으로 남경(명나라 후기의 수도)에 갈 때, 임경업 장군을 데리고 들어갔다. 그때 마침 가달(중국 북쪽 변방에 있던 오랑캐)이 일으킨 반란 때문에 청나라가 명나라 황제에게 군대를 지원해 달라고 요청하였다. 황제가 명하였다.

"조선 사신을 구원군의 대장으로 삼도록 하라."

황제의 명을 받은 시백은 임경업과 함께 가달을 물리쳐, 위기에 빠진 청나라를 구하고 돌아왔다. 황제는 보답으로 많은 금은보화를 내리고 벼슬을 높여 주었다. 시백과 경업은 명나라 황제의 은혜에 감사하였다.

두 사람은 조선으로 돌아왔다. 임금님은 훌륭하게 일을 치르고 온 두 사람을 칭찬하며 시백을 우의정으로 삼고, 경업은 도원수로 임명하였다.

그 무렵 청나라는 점점 강성하여져서 자주 조선의 북쪽 지방을 침범하였다. 그래서 임금님은 임경업을 의주 부윤(조선 시대의 지방 관아인 부의 우두머리)으로 임명하였다. 이때 청나라 왕이 조선을 침략하고자, 여러 신하들을 불러 의논했다.

"우리 청나라에는 조선의 장수 임경업을 당할 장수가 없으니, 어찌하면 좋겠는가?"

당시의 청나라 왕비는 앉아서 천 리를 보며 서서는 만 리를 보는 신통력을 지니고 있었다. 왕비가 청나라 왕에게 아뢰었다.

"하늘의 기운을 보니, 조선 장안에 신령한 여인이 있는 듯합니다. 이 여인만 없앤다면 임경업도 그다지 두려운 인물이 아닙니다."

"어떻게 그 여인을 죽일 수 있겠소?"

"다른 묘책은 없습니다. 조선 남자들은 미녀를 유난히 좋아한다고 합니다. 인물이 어여쁘고, 문장이 좋고, 칼을 잘 쓰며 용맹한 여자 자객을 보내십시오. 여자 자객으로 하여금 미인계(미인을 이용하여 남을 꾀는 계략)를 써서 그 신령한 여인을 죽이는 것이 가장 좋은 방법입니다."

청나라 왕은 즉시 기홍대라는 아름다운 여인을 조선으로 보냈다.

한편, 박 씨가 홀로 피화당에 앉아 하늘의 기운을 살펴보다가 이상한 조짐이 보여 시백에게 일렀다.

"얼마 후에 한 미인이 찾아올 겁니다. 그러면 그 여자를 꼭 피화당으로 보내 주십시오."

그러고 나서 계화를 불러 각별히 당부하였다.

"너는 술을 많이 빚어 두어라. 독한 술과 순한 술을 절반씩 빚어야 한다. 내가 어떤 여인을 데려와서 술을 내오라 하거든, 그 여인에게는 독한 술을 권하고 나에게는 순한 술을 주어야 한다."

하루는 시백이 홀로 사랑채에 앉아 있는데, 갑자기 한 여인이 어딘선가 나타나 들어왔다. 여인이 뜰 앞에 엎드려 절하고는 계단을 올라오는데, 그 모습이 매우 아름다웠다. 청나라의 기홍대가 시골 기생으로 분장하고 찾아온 것이었다. 그러더니 기홍대가 시백을 유혹하려고 했지만 시백은 지혜롭게 잘 피하였다.

"오늘 밤은 내가 몸이 불편하니 피화당에 들어가 쉬도록 해라."

시백은 기홍대를 피화당으로 보냈다. 박 씨는 기홍대를 손님으로 맞아 술을 권했다. 미리 준비된 독한 술을 마신 기홍대는 저도 모르게 잠이 들고 말았다.

박 씨가 일어나 기홍대의 짐 꾸러미를 열어 보았다. 그 안에는 날이 예리한 짧은 칼 한 자루가 들어 있었다. 주홍색으로 '비연도'라는 글씨가 새겨진 칼이었다. 그런데 갑자기 그 칼이 밖으로 나와 제비처럼 방 안을 날아다니며 박 씨를 해치려 했다. 박 씨가 매운재를 뿌리자, 칼은 더 이상 재주를 부리지 못하고 바닥에 뚝 떨어졌다.

박 씨는 기홍대를 깨워서 큰 소리로 호통을 쳤다. 정체를 들킨 기홍대는 살려 달라고 애걸했다. 시백이 즉시 임금님에게 이 사실을 낱낱이 아뢰었다. 크게 놀란 임금님은 박 씨 덕분에 큰 화를 피한 것을 고마워했다. 임금님은 박 씨에게 '명월 부인'이라는 칭호를 내리고는 앞으로도 나라를 잘 살펴 달라고 당부했다.

박 씨가 목숨을 살려 준 기홍대는 곧장 청나라로 돌아갔다. 기홍대는 사건의 전말과 실패한 이유를 아뢰었다. 청나라 왕이 듣고 놀라 왕비를 불러 이 일을 말하고 다른 묘책을 물었다. 그러자 왕비가 대답하였다.

"하늘의 기운을 보니, 조선에 간신이 많아서 조정이 어지럽습니다. 간신들은 어진 신하들을 시기하여 헐뜯고 임금은 충신들의 말에 귀를 기울이지 않고 있습니다. 그러니 급히 쳐들어가되 북쪽으로 가지 말고 동쪽으로 들어가십시오. 장수를 뽑아 북쪽 길을 막아 임경업이 군대를 움직이지 못하게 하시면 반드시 성공할 것입니다."

청나라 왕이 이 말을 듣고 크게 기뻐했다. 왕은 청나라 장수 용골대와 울대 형제를 대장으로 삼고, 훈련이 잘된 강한 군사 삼십만 명을 내주었다. 청나라 왕비가 두 장수를 불러 말하였다.

"우의정 이시백의 집 뒤뜰에는 절대로 들어가지 마시오. 그곳에 발을 들였다가는 성공은커녕 목숨도 보전하지 못할 것이오. 부디 명심하시오."

그 무렵, 피화당에서 하늘의 기운을 살피던 박 씨가 남편에게 말했다.

"북방 오랑캐가 금방 쳐들어올 듯합니다. 급히 임금님께 아뢰고, 임경업을 한양으로 불러들여야 합니다. 어서 군사를 내어 서둘러 막게 하소서."

시백은 곧바로 임금님에게 나아가 박 씨의 말을 전하였다. 그 말을 들은 임금님과 대신들이 크게 놀라 의논을 했다. 임경업을 불러들이는 것에 대한 찬반이 분분했다. 특히 김자점이 크게 반대를 했다.

"박 씨는 요망한 여인에 지나지 않습니다. 전하께서는 어찌 한낱 여인의 말에 귀 기울이셔서 국가의 큰일을 망치려 하십니까?"

임금님은 망설이다가 결국 결정을 미루게 되었다. 시백이 집에 돌아와 조정에서 있었던 일을 알려 주었다. 그러자 박 씨는 하늘을 우러러보며 슬퍼했다.

"나라의 운이 불행하니 어찌할 도리가 없습니다. 대감은 이미 이 나라의 벼슬을 한 몸이니, 불행한 일이 있을지라도 나라를 위하여 충성을 다하십시오. 비록 전쟁에 져서 죽임을 당하더라도 신하로서의 도리를 다하여 아름다운 이름을 후세에 전하는 수밖에요. 만일 위급한 때를 만나 김자점에게 군대의 지휘권을 맡기면 나라가 망하는 지경에 이를 것입니다. 부디 어진 사람을 뽑아 맡기십시오."

박 씨의 말을 들은 시백은 죽기를 각오하고 다시 아뢰리라 다짐하며 대궐로 들어갔다. 때는 병자년(1636년) 10월이었다.

곤경에 빠진 나라를 위하여

시백이 아직 임금님이 계신 곳에 이르지 못했을 때였다. 동대문 밖에서 대포 소리가 들리더니 징 소리와 함성이 하늘과 땅을 뒤흔들었다. 청나라 군사가 동문을 부수고 갑자기 장안으로 쳐들어온 것이었다.

뜻하지 않은 변을 당해 모두 정신이 없었다. 적군의 창과 칼에 죽는 백성들이 수없이 많았다. 임금님도 충격을 받고 슬픔에 싸여 어찌해야 할지 몰랐다.

"장안은 벌써 함락되었고, 이미 적군이 구화문에 들어왔소. 이제 어떻게 하면 좋겠소?"

"우선 남한산성(경기도 광주시 남한산에 있는 산성)으로 피하소서!"

우의정 시백의 말을 들은 임금님은 성문을 빠져나왔다. 그러다 숨어 있는 적군을 만나고 말았다. 시백이 칼을 잡고 죽을힘을 다해 싸워 매복해 있던 장수의 목을 베고, 겨우 길을 열었다. 시백은 가까스로 임금님을 모시고 남한산성으로 들어갈 수 있었다.

이때, 박 씨는 일가친척 모두를 피화당으로 불러들였다.

"이제 장안 사방은 다 오랑캐들이 지키고 있습니다. 피난하고자 한들 어디로 가겠습니까? 이곳에 있으면 화를 피할 수 있을 것이니 염려 마십시오."

한편 청나라 장수 용골대는 군사를 이끌고 가 남한산성을 에워쌌다. 아우인 용울대는 장안의 집이란 집은 샅샅이 뒤져 재물을 빼앗고 여인들을 잡아갔다.

마침내 용울대가 백여 명의 말 탄 군사들을 거느리고 우의정 시백의 집에까지 쳐들어왔다. 그런데 집 안팎이 너무 조용하여 빈집 같았다. 집 안쪽으로 깊이 들어가 뒤뜰을 살펴보니, 온갖 기이한 나무들이 좌우에 늘어서 무성하였다.

용울대가 의기양양하게 피화당을 공격하려고 달려들었다. 그때 갑자기 하늘이 어두워지며 검은 구름이 자욱하더니 번개 치는 소리가 땅을 뒤흔들었다. 전후좌우에 늘어섰던 나무들이 한순간에 갑옷 입은 군사들로 변하여 용울대의 군대를 에워쌌다. 가지와 잎은 변하여 군대 깃발과 칼, 창이 되어 눈부시게 번쩍거렸다. 에워싼 군사들의 함성 소리는 천지를 흔들었다.

용울대가 크게 놀라 급히 도망치려고 하였다. 그러나 도저히 빠져 나갈 길이 없었다. 용울대가 넋을 잃고 어쩔 줄 모르는데, 방 안에서 한 여인이 칼을 들고 나왔다.

"나는 우리 아씨 박 부인의 몸종이다. 명월 부인께서 너를 기다리신 것도 몰랐느냐? 너는 극악무도한 도적이니 어서 내 칼을 받아라."

그 말을 듣고 크게 노한 용울대가 칼을 들어 계화를 치려고 했다.

그런데 칼을 든 팔에 힘이 스르르 빠져 칼을 쓸 수가 없었다. 용울대는 하늘을 우러러 탄식하며 말했다.

"하늘의 뜻이로구나!"

그러고는 스스로 목숨을 끊었다. 계화가 용울대의 머리를 베어 문밖에 매달았다. 그러자 검은 구름이 사라지고 하늘이 다시 맑아졌다.

나라의 운이 불행하고 오랑캐가 크게 성하여 강화도에 피난했던 왕대비와 세자(인조의 맏아들 소현 세자), 대군(세자의 동생 봉림 대군)까지 청나라 군대에 잡혀가게 되었다. 나라가 이렇게 위태로워진 것은 모두 간신 김자점 때문이었다.

임금님이 할 수 없이 성에서 나와 청나라와 강화를 맺었다. 청나라 대장 용골대는 조선 임금의 항복을 받은 후 남한산성을 떠나 장안으로 향했다. 용골대가 장안으로 들어오는 길에 자기 아우 용울대가 죽었다는 소식을 듣고 큰소리로 통곡했다.

"이미 조선이 항복하였는데 누가 감히 내 아우를 죽였단 말인가. 기필코 내가 그 원수를 갚으리라."

용골대는 군사를 이끌고 피화당으로 달려갔다. 아우 용울대의 머리가 문밖에 높이 매달려 있는 모습에 그는 더욱 분노를 참지 못했다.

그러자 갑자기 바람이 미친 듯이 일며 구름과 안개가 자욱하게 깔렸다. 수많은 나무들이 한순간에 장수와 병졸로 변하고, 징과 북을 치며 함성을 지르는 소리가 하늘과 땅을 뒤흔들었다. 용과 범, 검은

새와 흰 뱀이 나타나 서로 머리와 꼬리를 맞물더니 바람과 구름을 토해 내고, 군대 깃발과 창검이 번쩍였다. 어디선가 난데없이 귀신 병사들이 갑옷과 투구를 입고 나타나 석 자나 되는 칼로 청나라 병졸들을 닥치는 대로 베었다. 번개와 우렛소리에 강산이 무너지는 듯하였다.

청나라의 장수와 병졸들은 천지도 분별하지 못하고 죽어 나갔다. 그 시체가 산더미 같았다.

그때 나무 사이에서 계화가 나타나 용골대에게 호통을 쳤다.

"이 무지한 용골대야! 네 아우처럼 너도 내 손에 죽고 싶어서 환장을 하는구나."

용골대는 더욱 화가 북받쳐 병사들에게 명했다.

"한꺼번에 활을 당겨 쏘라!"

화살이 비 오듯 날아가는데 단 한 대도 계화를 맞추지 못하였다. 그러니 용골대는 분해도 할 수 없이 떠나야 했다.

용골대는 조선 도원수 김자점을 불러 명령했다.

"너희는 이제 우리 청나라의 신하다. 너는 조선의 군사를 이끌고 가서 박 부인과 계화를 잡아들여라!"

"분부대로 거행하겠나이다."

김자점이 군사들을 이끌고 가서 용골대와 함께 피화당을 에워쌌다. 그러자 갑자기 여덟 문이 변하여 백여 길(한 길은 사람 키 정도의 길이)이나 되는 함정이 생겼다. 용골대가 그 함정을 보고는 공격할 수 없다고 생각하고 꾀를 냈다. 군사들에게 피화당 사방 십여 리를 깊이 파서 화약을 잔뜩 붓게 하였다.

"아무리 신기한 재주가 있다고 해도 이제는 어쩔 수 없으리라."

용골대는 군사들을 호령하여 동시에 불을 놓았다. 그 불이 화약에 닿자 엄청난 폭발 소리가 나며 불빛이 장안 삼십 리에 하늘을 찌를 듯 솟구쳤다. 죽은 자가 수없이 많았다.

박 씨가 옥으로 만든 발을 드리우고, 왼손에 옥으로 만든 부채를 쥐고 불을 향해 부쳤다. 불길이 방향을 바꾸어 오랑캐 병사들을 향하였다. 오랑캐의 장수와 병졸들이 편성된 대열을 잃고 타 죽거나 밟혀 죽었다. 겨우 살아남은 군사들은 죽을힘을 다하여 도망갔다. 용골대는 더 이상 어찌할 방법이 없었다.

용골대가 군사를 돌이켜 길을 떠나는데, 왕대비와 세자, 대군은 물론 장안의 아름다운 여인들까지 잡아갔다. 이 사실을 알게 된 박 씨가 오랑캐들에게 자신의 말을 전했다.

"무지한 오랑캐야, 너희 왕이 무식하여 은혜를 베푼 나라를 침략했으니, 우리 왕대비는 데려가지 못하리라. 만일 왕대비를 볼모로 잡아간다면 너희들은 네 나라로 돌아가지 못할 것이다."

이 말을 들은 청나라 장수들이 욕을 하며 가소롭게 여겼다. 그러자 박 씨가 마음을 먹었다.

"너희들이 그렇게 나오니 내 재주를 구경하라."

잠시 후 하늘에서 두 줄기 무지개가 일어나더니, 천지를 뒤덮을 정
도로 비가 억세게 쏟아졌다. 그리고 음산한 바람이 일어나 흰 눈이
날리며 얼음이 얼었다. 청나라 군사들을 태운 말의 발이 땅에 붙어
단 한 발자국도 옮길 수 없었다. 그제야 청나라 장수들은 겁이 덜컥
났다. 아무리 생각해도 모두 죽게 될 것 같았다. 마지못해 청나라 장
수들이 투구와 창을 버리고 피화당 앞에 나아가 무릎을 꿇고 애걸하
였다.

"우리는 이미 화친을 받아 냈으니, 왕대비는 모셔가지 않겠습니다.
박 부인은 은혜를 베풀어 우리를 살려 주십시오."

"너희를 다 죽여야 하는데, 하늘의 때를 생각해 용서하겠다. 우리
세자와 대군을 부디 편안하게 모시거라. 만일 그렇지 않으면 내가 오
랑캐들을 모두 죽여 버릴 것이다."

청나라 장수들이 수없이 머리를 조아리며 감사했다.

대궐로 돌아온 임금님은 박 씨의 말을 듣지 않은 것을 백 번 후회
했다.

"내가 명월 부인의 말대로 하였으면 어찌 이 지경을 당하였겠는가.
명월 부인은 혼자 맨손으로 오랑캐를 물리쳤고, 청나라 장수들을 무
릎 꿇게 만들었다. 명월 부인은 여인의 몸으로 조선의 정기를 드러내
는 공을 쌓았으니 이는 이전에 없었던 일이로다."

임금님은 박 씨에게 '절충 부인'이라는 이름을 내리고 상금으로 만 냥을 주었다.

절충 부인과 시백은 워낙 사이가 돈독하여 자식들을 많이 두었다. 그 자식들은 자라서 혼인도 잘 하였다. 집안은 다복하고 평화로웠다.

세월은 흘러서 어느 해 가을이 되었다. 절충 부인과 시백은 자손들에게 나라에 충성하고 백성들에게 덕을 베풀라는 유언을 남기고는 약속한 듯이 피화당에 들어가 나란히 눈을 감았다. 절충 부인의 충실한 종이었던 계화도 주인을 따라 아무 병 없이 자든 듯이 죽었다. 임금님은 계화의 이야기를 듣고 장하게 여겨서 충비(충실하게 주인을 잘 섬기는 종)로 봉했다.

박씨전
부록

원전을 기본으로 하나 어려운 한자나 이해하기 힘든 부분은 풀어서 썼습니다. 또한 미루어 짐작할 수 있는 상황은 대화나 인물의 심리 상황을 추가해 고전에 쉽게 접근하도록 했습니다.

들어가기

장면1.

남학생 : (스마트폰으로 유튜브 영상을 열심히 보고 있다)

여학생 : 뭘 그렇게 봐? 옆에 누가 와도 모를 정도로 푹 빠졌네!

남학생 : 내가 제일 좋아하는 프로그램인데 어제 학원 가느라 못 봤거든. 그래서 지금 찾아서 보는 중이야!

여학생 : 뭔데? 아, 가면 쓰고 노래하는 방송이네!

남학생 : (신이 나서 목소리가 저절로 커진다) 이 프로그램이 다른 나라로 수출돼서 유럽에서도 인기가 아주 많다는 거 아냐!

여학생 : 정말? 그렇게 반응이 좋다고?

남학생 : 넌 신문이나 뉴스도 안 보냐? 맨날 웹툰만 보지 말고, 좀!

장면2.

선생님 : 애들아, 난 왜 그 프로그램이 다른 나라에서도 인기가 많은지 알 것 같다!

여학생 : 저도 대충 짐작이 가요. 가면을 쓰고 노래하니까 어떤 사람인지 몰라서 궁금하잖아요.

남학생 : 물론 추리하는 재미도 있지만, 얼굴을 가리고 노래만으로 자신의 실력을 알릴 수 있는 기회잖아요!

선생님 : 바로 그거야! 나도 그 점이 신선하고 흥미로워서 성공했다고 생각해. 외모로 판단하지 않고, 오직 노래만으로 정당하게 실력을 평가하잖아!

여학생 : 하긴, 사람들은 외모에 너무 관심이 많아요. 무조건 예쁘거나 잘생기면 된다고 하잖아요.

선생님 : 갑자기 선생님이 가장 좋아하는 책이 떠오른다! 추한 외모 때문에 훌륭한 재주와 예지력을 인정받지 못했던 여주인공이 나오는 이야기거든.

여학생 : 아하! 〈박씨전〉을 말씀하시는 거잖아요.

선생님 : 그래. 이 기회에 〈박씨전〉을 같이 읽어 보자!

장면3.

남학생 : 선생님, 제가 오늘도 어김없이 〈박씨전〉을 보고 나서 삼행

시를 지었어요!

선생님 : 아이고, 기특해!

여학생 : 어차피 삼행시는 네 거야!

남학생 : 박 : 〈박씨전〉은 병자호란을 배경으로 한 역사 군담 소설
이다.

씨 : 씨앗이 비록 작아도 큰 나무의 시작이 되는 것처럼,
〈박씨전〉은 병자호란의 패배로 상처를 받은 백성
들의 마음에 위로가 되어 준 작품이다.

전 : 전쟁으로 큰 피해를 입은 백성들의 패배감을 위로하는
주인공 박 씨를 보면서 우리는 사람들의 상처를 치유해
주는 이야기의 힘을 느끼게 된다.

여학생 : (두 눈이 휘둥그레져서) 네가 쓴 거 맞아?

남학생 : 아이고, 들켰네! 책에서 좀 베꼈지.

선생님 : 그래도 잘 정리했어! 그럼, 우리 〈박씨전〉을 같이 살펴
보자.

고미담
고전은 미래를 담은 그릇

고전 소설 속으로

〈박씨전〉은 작자와 창작 연대가 정확하게 알려지지 않은 작품이다. 배경은 조선 중기 인조 때 일어난 병자호란(1636~1637)을 중심으로 하고 있다.

주인공인 박 씨 부인은 작가가 창조한 가공의 인물이고, 이시백과 임경업 같은 인물은 실존 인물이다. 〈박씨전〉은 그들을 함께 등장시켜 초인간적 활약을 그린 역사 군담 소설이다.

〈박씨전〉은 〈명월부인전〉, 〈이시백전〉, 〈박씨부인전〉 등으로도 불린다. 하지만 〈박씨전〉으로 통일하는 것이 좋다. 필사본 대부분이 〈박씨전〉으로 되어 있고, 〈박씨부인전〉이란 제목으로 된 작품은 일부인데 내용이 많이 바뀌었다.

내용은 이본에 따라 조금 차이가 있지만, 전반부에서는 추녀인 박 씨가 허물을 벗는 이야기가 전개되고 후반부에서는 병자호란에서 박 씨가 활약하는 내용을 다룬다.

이 작품은 일반적으로 역사 군담 소설, 전쟁 소설 등의 범주에 속하지만, 초인적인 능력을 가진 박 씨라는 여인이 주인공으로 등장한다는 점에서 여성 영웅 소설, 도술 소설의 범주에 넣기도 한다.

미리미리 알아 두면 좋은 상식들

● **〈박씨전〉의 문학적 의의**

〈박씨전〉이 다른 군담 소설과 확연히 다른 점이 한 가지 있다. 그 것은 '여성 영웅'이 등장한다는 점이다. 게다가 그 주인공이 '천하의 추녀'란 점도 독특하다. 나중에 전생의 죄업을 다 씻고 허물을 벗어 미인이 되지만 처음에 추녀로 등장하는 부분은 상당히 흥미롭고 신 선하다.

박 씨가 영웅적으로 활약을 하는 모습은 조선 시대 남성 중심의 가부장적 억압으로부터 벗어나고자 하는 그 당시 여성들의 욕구를 담고 있다. 그래서 〈박씨전〉은 여성 영웅 소설이 발전하는 토대가 되었다.

이 작품에는 신선 같은 박 처사의 딸인 박 씨와 시비 계화 등 많은 여성들이 등장한다. 이야기의 전개에서 남성보다 훨씬 현명하고 문 제 해결 능력이 뛰어난 모습을 보여 주기도 한다. 이는 병자호란 때 나라를 지키지 못한 남성들을 간접적으로 비판하기 위한 의도로 볼 수 있다.

〈박씨전〉은 필사본으로 전승되면서 여성 독자층에 깊은 영향을 끼쳤다. 특히 오랜 기간 가부장제에 억눌려 온 여성 독자들은 이 작품을 통해 통쾌함과 만족감을 느꼈을 것이다. 이처럼 〈박씨전〉은 많은 여성들을 문학 소비자로 끌어들여 독자층의 저변을 확대하는 데 공헌하기도 했다.

• 여성 군담 소설

전쟁에서 영웅적으로 활약한 인물이 주인공으로 등장하는 소설을 군담 소설이라고 일컫는다. 이중 여성 군담 소설은 여성이 주인공으로 활약하여 국가적 위기나 사회적 갈등을 타개하는 이야기를 다룬 소설이다.

남성 중심의 가부장제 아래에서 억압을 받으며 살았던 여성이 정신적으로 해방되고, 무기력한 남성을 대신해 위기를 극복하는 대리 만족을 주던 이야기가 바로 여성 영웅 소설이다.

여성이 영웅으로 나오는 소설은 〈박씨전〉 외에도 여주인공이 남성으로 변장한 후 장수가 되어 활약하는 〈정수경전〉이나 〈홍계월전〉 등이 있다.

조선 시대에 여성은 집안일에 전념하고 사회적인 일에는 전혀 간섭할 수 없었다. 여성이 자신의 성취 욕구를 실현할 수 있는 길은 자식을 낳아 기르는 일뿐이었다. 그 당시의 여성들은 가문의 성을 이어받을 아들을 낳고, 그들의 성장을 통하여 자신들의 존재 의미를 확인했다.

그런 여성들에게 있어 여성 군담 소설은 여성에 대한 기존의 제도와 잘못된 의식에 대한 저항 수단으로 작용했을 것이다. 영웅이 된 여주인공과 자신을 동일시하면서 말이다.

● 함께 읽어 보기 – 〈임경업전〉

〈박씨전〉과 〈임경업전〉을 자매편으로 보는 견해가 있다. 필사본 〈박씨전〉의 한 이본 말미에는 "이 책의 미진한 부분은 〈임경업전〉을 통해 보충하라"라고 적혀 있다. 또 다른 이본에는 "이 책의 말이 다 마치지 못함은 일후에 〈임경업전〉에 기록하여 보게 함이라"라고도 적혀 있다. 그뿐이 아니다. 가람본 〈박부인전〉에는 "세자 대군과 조선 인물을 본국으로 데려간 사적은 〈임경업전〉에 있기로 이만 그치노라"라고 적혀 있다.

〈임경업전〉 역시 작가를 알 수 없으며 병자호란을 배경으로 한 작품이다. 이 작품은 임경업의 일생을 영웅화한 역사 군담 소설이다. 호국에 대한 강한 적개심과, 나라가 위기에 처했는데도 개인의 사리사욕만을 추구하는 간신에 대한 분노를 민족적인 차원에서 소설로 형상화했다는 점에서 〈박씨전〉과 닮은 점이 많다.

실제 인물이었던 임경업은 병자호란 때 가장 적극적으로 나라를 위해 싸웠던 장군이었다. 전쟁이 나기 전부터 산성을 쌓아 가며 방어에 힘썼던 임경업은 1636년에 봉화를 통해 전쟁이 일어났음을 알게 되었다. 그는 자신이 주둔하고 있던 백마산성을 굳건히 지켰다. 결국 청군은 백마산성을 치는 것을 포기하고 바로 남한산성으로 방향을 돌렸다. 임경업은 병자호란 이후에도 청나라 군대를 곤경에 빠뜨리는 데 앞장섰다.

인조 임금 21년(1643년)에 임경업은 명나라에서 4만의 병사를 이끌었으나 이듬해 북경을 함락한 청나라 군사에게 체포되고 말았다. 청나라 측은 억류하고 있던 임경업을 조선으로 돌려보낸다. 청나라는 은근히 조선 조정에서 임경업을 처리해 줄 것을 바랐는데, 그 기대를 김자점을 비롯한 간신들이 적극적으로 수행해 주었다. 임경업은 역모에 가담했다는 억울한 음모로 옥중에서 사망했다. 김자점이 고문을 주도했다는 이야기도 전해 오고 있다.

백성들은 나라를 지키기 위해 목숨을 걸고 청에 대항했던 명장 임경업을 추앙했다. 민간에서는 그의 화상(畵像)을 신당에 모셔 제사를 지냈으며, 임경업 장군을 신으로 모시기도 했다.

소설 〈임경업전〉은 임경업 장군이 영원히 죽지 않고 청을 물리쳐 주기를 바라는 백성들의 간절한 염원이 담긴 작품이라고 하겠다.

〈박씨전〉과 〈임경업전〉이라는 두 편의 고전 소설은 모두 정묘호란과 병자호란의 거듭된 패배에 실망한 백성들의 마음을 위로했다. 짓밟힌 자존심과 청에 대한 패배감을 극복하고 희망을 가지려는 의도가 깔린 작품들이기도 하다. 영웅을 기다리고 사랑하는 선량한 백성들 사이에 전해 내려오며 오늘날에도 고전으로 읽히고 있다.

담고 싶은 이야기

남성보다 강한 여성이 등장하는 까닭은?

〈박씨전〉은 남자는 귀하고 여자는 천하다는 남존여비 사상이 팽배하던 시대에 여성을 주인공으로 등장시킨 작품이다. 박 처사의 딸인 박 씨와 시비 계화, 만 리를 훤히 본다는 청나라 왕비와 여자 자객 기홍대 등, 이 작품에 나오는 여성들은 하나같이 뛰어난 능력을 발휘한다.

〈박씨전〉에 나오는 임금님과 이시백, 호왕 등 남성들은 오히려 수동적이고 약하다. 여성과 남성의 역할이 바뀐 듯한 이러한 인물 설정은 가부장제 아래 억압되어 살아야 했던 여성들의 해방 욕구를 나타낸다.

또한 이 작품의 특징은 역사에 실존한 인물과 허구로 창조된 인물이 함께 등장한다는 점이다. 역사적 인물들(인조, 이득춘, 이시백, 임경업, 김자점, 용골대)은 모두 남성이고, 허구의 인물들(박 씨 부인, 계화, 청나라 왕비, 기홍대)은 모두 여성이다. 그런데 허구의 인물인 여성들이 역사에 실재한 남성들보다 훨씬 뛰어난 능력과 용기, 지혜까지 겸비하고 있다. 이런 특징은 남성 중심의 사회에 도전하는 여성들의 의식이 깨어나기 시작한 당대 사회 분위기를 보여 준다.

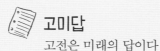

고미답
고전은 미래의 답이다

허물을 벗는 변신 모티프

〈박씨전〉의 변신 모티프에 중점을 두는 연구자들도 있다. 변신 모티프가 사건 전개의 전환점 역할을 하기 때문이다.

변신 모티프는 '징벌 의식'을 나타내고 있다. 박 씨는 못생겼기 때문에 오랜 고통과 멸시를 견뎌 내야 했다.

따라서 박 씨가 피화당에서 삼 년 동안 홀로 외롭게 머문 기간은 혼례를 비롯해 사회의 구성원이 되기 위해 거쳐야 하는 관문과 다름 없었다. 이 관문을 통과하고서야 비로소 박 씨는 집안의 온전한 아내와 며느리로 인정받게 된다. 이런 변신 모티프는 다른 신화나 전설에도 자주 등장한다. 우리가 잘 아는 박혁거세 신화의 '알영'이나 민담의 주인공 '우렁 각시'에게서도 변신 모티프를 찾을 수 있다.

박 씨는 왜 계화를 대리인으로 삼았을까?

계화는 박 씨의 몸종이다. 계화는 박 씨를 대신해 직접 적장인 용골대 형제와 만나기도 하고 그들과 싸움을 벌여 격퇴하는 역할도

한다.

계화는 원래 평범한 몸종이었을 것이다. 그런데 박 씨를 주인으로 만나면서 무술과 신통한 비법을 배우고 연마하게 되었다. 또한 허물을 벗기 전부터 박 씨를 지극한 정성으로 공경하고 따랐다. 어쩌면 누구보다 박 씨의 진면목을 잘 알고 있는 사람이다. 그런데 왜 박 씨는 직접 나서지 않고 계화를 대리인 삼아 자신의 말을 전하거나 싸움터로 내보냈던 것일까?

〈박씨전〉의 주인공인 박 씨는 사실 성만 있고 제대로 된 이름이 나오지 않는다. 그만큼 당시에는 여인이 자기 이름을 남기는 것이 힘든 시대였다. 여성이 재능과 능력을 발휘하여 세상에 자신을 드러내기가 어려운 시대였던 것이다. 그러니 박 씨가 앞장서 도술을 부리는 모습을 보여 주기에는 시대의 한계가 있었다.

그래서 신분이 낮은 계화가 박 씨의 대리인 역할을 하게 된 것이다. 계화는 사대부 양반집에서 태어나지 않았기에 여러 규범에 얽매이지 않고 한결 자유롭게 행동할 수 있었다. 사대부 집안 여인 박 씨는 대리인을 통해서만 사회에 참여할 수 있었고, 그 시절의 독자들에게도 이러한 묘사가 자연스럽게 받아들여졌을 것이다. 이러한 설정을 통해 우리는 마음껏 자신의 존재와 능력을 발휘할 수 없었던 조선 여인들의 한계를 깨닫게 된다.

미처 생각하지 못한 질문

1. 〈박씨전〉에 나오는 실존 인물은 모두 남성이라는 공통점이 있다. 작품 속에서 이들은 가공의 인물인 박 씨에 비해 무능력하고 우유부단하게 묘사된다. 그 의도는 무엇일까?

2. 박 씨가 아름답게 변하고 난 뒤 남편 이시백을 비롯한 주위 사람들이 박 씨를 대하는 태도가 하늘과 땅만큼 달라진다. 이러한 변화를 어떻게 생각하는가?

3. 〈박씨전〉 이외에도 여성 영웅이 등장하는 조선 시대 소설이 여럿 있다. 특히 〈홍계월전〉에는 더욱 용감하고 진취적인 여성이 등장한다. 이런 작품들을 흥미롭게 읽은 독자는 어떤 사람들이었을까?

답을 찾아 한 걸음씩 나아가기

〈박씨전〉이 창작된 시대에는 여성의 사회 활동이 몹시 어려웠다. 그런 시대에 여성 영웅의 이야기가 시대의 아픔을 치유한 것은 매우 가치 있는 일이다. 여성 영웅 박 씨의 캐릭터를 깊이 탐구해 보자.

1. 주인공 박 씨는 이름이 없다. 만약 내가 작명가가 되어 멋진 이름을 지어 준다면?

2. 박 씨의 추한 외모는 오히려 박 씨의 신비한 능력과 통찰력을 돋보이게 하는 장치가 되었다. 만약 박 씨가 처음부터 아름다운 외모로 살았다면 이야기는 어떻게 달라졌을까?

3. 내가 변신을 할 수 있다면 어떤 모습의, 어떤 능력을 가진 인물이 되고 싶은가?

홍길동전

집을 떠난 길동

조선 시대 세종 임금이 다스리던 시절, 충신인 홍 판서에게는 아들이 두 명 있었다. 큰아들은 본부인이 낳았고, 작은아들은 여종의 몸에서 낳은 자식이었다. 홍 판서가 신비한 용꿈을 꾸고 난 뒤에 생긴 작은아들의 이름은 길동이었다. 길동은 어려서부터 하나를 들으면 백을 알 정도로 총명했다. 하지만 어머니가 신분이 낮은 여종이었기에, 아버지를 아버지라고 부르지 못하고 형을 형이라고 부르지 못했다.

고요한 달빛 아래 맑은 바람이 쓸쓸하게 불어오는 가을밤. 길동은 서당에서 공부를 하다가 자신의 처지가 한없이 외롭고 답답했다. 그래서 방에서 나와 시원한 뜰에서 검술을 익히며 슬픈 마음을 달래고 있었는데, 때마침 달빛을 구경하던 홍 판서가 길동을 발견하고 물었다.

"너는 무슨 흥이 있어서 이렇듯 밤이 깊도록 깨어 있느냐?"

길동이 두 번 절을 올리며 고했다.

"저는 아버지를 아버지라 부르지 못하옵고 형을 형이라 부르지 못합니다. 그런 제가 어찌 사람이라 하겠습니까?"

길동이 눈물을 흘리는 모습을 본 홍 판서는 속으로는 불쌍했지만 오히려 크게 꾸짖었다.

"재상 집안의 종의 몸에서 태어난 자식이 어디 너뿐이더냐? 어찌 이렇게 방자하게 구느냐? 또 그런 말을 하면 용서하지 않겠다.”

길동은 그 말을 듣고 서러워서 땅에 엎드려 눈물만 더 흘릴 뿐이었다. 홍 판서가 물러가라고 하자, 그제야 길동은 자기 방으로 돌아왔으나 슬픔을 참을 수 없었다. 그렇게 밤이면 밤마다 잠을 이루지 못하고 괴로워하던 길동이 어머니의 방에 찾아가서 말하였다.

“옛날 장충의 아들 길산은 비록 출생이 천하였지만 열세 살에 그 어미와 이별하고 운봉산에 들어가 도를 닦아 후세에 아름다운 이름을 전하였습니다. 저도 그를 본받아 세상을 벗어나려 합니다. 어머니께서는 안심하고 기다려 주십시오. 요즘 곡산댁이 하는 행동을 보면, 대감의 총애를 잃을까 염려하여 우리 모자를 원수같이 생각하고 있습니다. 이대로 있다가는 큰 화를 입을까 두렵습니다. 그러니 어머니께서는 제가 떠나는 것을 염려하지 마십시오.”

길동의 어머니 춘섬은 이 말을 듣고 슬퍼하며 떠나지 말라고 만류했다.

곡산댁은 홍 판서의 첩이 되기 전에 본래 곡산 지방 기생이었다. 원래 이름은 초란인데, 자기 마음에 맞지 않으면 홍 판서한테 남을 헐뜯는 거짓말을 자주 했다. 요사스러운 거짓말 때문에 집안이 시끄럽고 번거로운 일이 많아 길동은 늘 어머니 걱정을 하였다.

아들이 없는 초란은 홍 판서가 길동이를 귀여워하는 속마음을 눈치채고 시기와 질투를 부렸다. 그래서 길동이를 없애려고 여러 가지

방법을 생각하였다.

하루는 초란이 무녀를 불러들여 감쪽같이 흉계를 꾸몄다. 무녀가 잘 안다는 흥인문 밖에 사는 용한 관상녀(사람의 생김새를 보고 그 사람의 운명이나 수명, 성격 등을 판단할 수 있는 여인)와 짜고 집에 들어오게 했다. 다음 날, 홍 판서가 부인 유 씨에게 길동이 비범함에도 불구하고 천한 신분으로 태어나 안타깝다는 이야기를 하고 있을 때였다. 처음 보는 여자가 대청 아래에서 인사를 하며 이상한 말을 꺼냈다.

"소인은 관상을 보는 사람인데, 우연히 대감 댁에 이르렀습니다."

홍 판서가 이 말을 듣고 길동의 장래를 알고 싶어 즉시 길동을 불러서 보였다. 그러자 관상녀가 찬찬히 보다가 깜짝 놀라는 척하며 망설이듯이 말했다.

"공자의 상을 보니 가슴속에 조화(사람의 힘으로는 알 수 없는 신통한 일, 또는 그것을 부리는 재주)가 무궁하고 두 눈썹 사이에 산천 정기가 영롱하여 실로 왕이 될 기상입니다. 장성하면 장차 온 집안이 멸망하는 화를 당할 것이니 대감께서는 굽어살피십시오."

홍 판서는 이 말을 듣고 나서 내심 놀란 나머지 한참 동안 묵묵히 있다가 마음을 진정시키고 말하였다.

"사람의 팔자는 피하기 어려운 것이다. 하지만 너는 이런 말을 누구에게도 절대 퍼뜨리지 말거라."

홍 판서는 관상녀에게 이렇게 당부하고는 은돈을 얼마 주어 보내었다.

그 뒤 홍 판서는 길동이를 산에 있는 정자에 머물게 하고 행동 하나하나를 엄격하게 감시하였다. 길동은 서러움이 더욱 커졌지만 어쩔 수가 없었다. 그래서 〈육도〉, 〈삼략〉 같은 병법서와 천문, 지리를 공부하며 마음을 달랬다. 홍 판서가 이 사실을 알고는 크게 근심하여 말하였다.

"이놈이 본래 재주가 뛰어나 제 분수에 넘치는 마음을 품게 되면 관상녀의 말과 같을 것이니, 이를 장차 어찌하랴?"

초란이 홍 판서에게 가서 아뢰었다.

"며칠 전 관상녀가 길동이의 앞일을 귀신같이 알아맞혔는데 대감께서는 이 일을 어떻게 처리하려 하십니까? 저도 놀랍고 두렵습니다. 길동이를 일찍 없애 버리는 것이 나을 듯하옵니다."

홍 판서가 이 말을 듣고 눈썹을 찡그리면서 말하였다.

"이 일은 내가 알아서 할 터이니 너는 번거롭게 굴지 말라."

홍 판서는 초란을 물러나게 했으나, 마음이 어지러워 밤이면 잠을 이루지 못하였다. 그러다가 그만 병이 나고 말았다. 부인 유 씨와 큰아들인 인형은 크게 근심이 되어 어쩔 줄을 몰랐다. 그때 초란이 아뢰었다.

"대감의 병환이 위중하신 것은 길동이 때문입니다. 저의 좁은 소견으로는 길동이를 죽여 없애면 병환이 완쾌되실 뿐 아니라 가문도 보존할 수 있을 것입니다."

초란의 말을 들은 유 씨 부인과 인형은 몹시 괴로워하며 눈물을 흘렸다.

"이는 사람으로서 차마 못 할 짓이지만, 첫째는 나라를 위해서, 둘째는 대감을 위해서, 셋째는 홍 씨 가문을 위해서니 네 생각대로 하려무나."

유 씨 부인의 허락을 받아 낸 초란은 크게 기뻐하며 길동을 죽일 뛰어난 자객을 불러들였다. 자객의 이름은 특재였다.

한편, 그날 밤에도 길동은 촛불을 켜 놓고 〈주역〉을 골똘히 읽고 있는데 까마귀가 세 번이나 울고 갔다. 길동은 이상한 예감이 들었다.

'까마귀는 본래 밤을 꺼리는데, 세 번이나 울고 가다니 불길하구나!'

길동이 잠깐 〈주역〉의 팔괘로 점을 쳐 보고는 크게 놀랐다. 즉시 책상을 치워 놓고 둔갑법(남의 눈을 속이고 자신의 몸을 감추는 술법)으로 몸을 숨긴 채 주위를 살폈다. 얼마 안 있어 한 남자가 예리하고 짧은 칼을 들고 천천히 방문으로 들어왔다. 길동이 급히 몸을 감추고 주문을 외자, 갑자기 한 줄기의 음산한 바람이 일어나면서 집은 간데 없고 사방이 첩첩산중으로 둘러싸였다. 특재는 사방으로 방황하다가 피리 소리를 듣고서야 겨우 정신을 차렸다. 그때 한 소년이 나귀를 타고 오며 피리를 불다가 그치고는 특재를 꾸짖었다.

"너는 무엇 때문에 나를 죽이려고 하느냐? 죄 없는 사람을 해치면 어찌 천벌을 피할 수 있겠느냐?"

"너는 죽어도 나를 원망하지 말라. 초란이 무녀와 관상녀와 함께 홍 판서와 의논하여 너를 죽이려고 한 것이다. 그러니 어찌 나를 원망하랴."

특재가 칼을 들고 달려들었다. 그러자 길동은 분함을 참지 못해 요술로 특재의 칼을 빼앗아 들고 호통을 쳤다.

"네가 재물을 탐내어 사람 죽이기를 좋아하는구나. 너같이 사람의 도리를 버린 놈은 죽여서 후환을 없애겠다."

길동은 특재에게 칼을 휘둘렀다. 특재의 머리가 방 한가운데에 뚝 떨어졌다. 길동은 분한 생각을 이길 수 없었다. 그래서 그날 밤에 바로 관상녀를 잡아 특재가 죽어 있는 방에 밀어넣고 꾸짖었다.

"네가 내게 무슨 원한을 졌다고 초란과 짜고 나를 죽이려 하느냐?"

이렇게 호통을 치고는 칼로 관상녀를 치니, 처참하기 그지없었다. 길동이 자신을 없애려 했던 두 사람을 죽이고 하늘을 살펴보았다. 은하수는 서쪽으로 기울어지고 달빛은 희미하여 마음은 더욱 울적해졌다. 길동은 분통이 터져 초란마저 죽이려고 하다가, 아버지 홍 판서가 사랑하는 여인이라는 데 생각이 미쳤다. 그래서 칼을 내던지고 달아나 목숨이나 건지기로 마음먹었다. 길동은 홍 판서의 침실에 가서 하직 인사를 올리고자 하였다. 그때 마침 홍 판서도 창밖에 인기척이 있어 창문을 열고 살펴보았다. 길동이었다. 홍 판서는 길동을 가까이 불러 물었다.

"밤이 깊었거늘, 어찌 자지 않고 이렇게 방황하느냐?"

길동은 땅에 엎드려 아뢰었다.

"소자가 일찍이 부모님께서 낳아 주신 은혜를 만분의 일이라도 갚고자 하였습니다. 그런데 집안에 의롭지 못한 사람이 있어 대감께 거짓으로 헐뜯어 소자를 죽이고자 하였습니다. 겨우 목숨은 건졌으나 더 이상 대감을 모시기 어렵게 되어 오늘 대감께 하직 인사를 드리고자 합니다."

이 말을 들은 홍 판서는 크게 놀라서 물었다.

"무슨 변고(갑작스러운 재앙이나 사고)가 있기에 어린 네가 집을 버리고 떠난다는 말이냐?"

길동이 대답했다.

"날이 밝으면 저절로 아시게 될 것입니다. 소자의 신세는 뜬구름과 같사옵니다. 대감께서 버린 자식이 어찌 갈 곳이 있겠습니까?"

길동이 흐르는 두 줄기 눈물을 감당하지 못하여 말을 마치지 못하였다. 홍 판서는 그 모습을 보고 불쌍한 마음이 들어 좋은 말로 타일렀다.

"내가 너의 품은 한을 짐작하고 있었다. 그러니 오늘부터는 아버지

를 아버지라 부르고 형을 형이라 불러도 좋다."

길동이 두 번 절하고 아뢰었다.

"소자의 지극한 한을 아버님께서 풀어 주시니 이제는 죽어도 좋습니다. 엎드려 바라옵건대, 아버님께서는 만수무강하시옵소서."

이렇게 말하고 하직하자 홍 판서도 더는 붙잡지 못하고 다만 무사하기를 당부할 뿐이었다. 길동이 어머니 방에 가서 작별을 고하며 아뢰었다.

"소자는 지금 어머니의 곁을 떠나려 합니다. 다시 모실 날이 있을 것이니 어머니께서는 건강하시옵소서."

춘섬은 이 말을 듣고 무슨 까닭이 있음을 짐작하고 슬퍼하며 통곡하였다. 길동이 두 번 절하고 문을 나와 멀리 바라보았다. 첩첩산중에 구름만 자욱한데 정처 없이 길을 떠나게 되었다.

한편 초란은 특재에게서 소식이 없자, 이상하다 싶어 몸종 하나를 보내 일이 어떻게 되어 가는지 알아보라고 하였다. 그랬더니 길동은 간데없고, 특재와 관상녀의 시신만 방 안에 있더라고 전했다. 이에 몹시 놀라 정신을 차릴 수 없어 급히 유 씨 부인에게 알렸다. 부인도 크게 놀라 홍 판서에게 알렸다. 이 소식을 들은 홍 판서는 매우 놀라며 말하였다.

"길동이 밤에 와서 슬피 울며 하직하기에 이상하게 여겼더니, 결국 이런 일이 벌어졌구나!"

이에 큰아들 인형이 감히 숨기지 못하고 그동안 초란이 한 일을 아뢰었다. 다 듣고 난 홍 판서는 더욱 분노하여 초란을 내쫓고 그들의 시체를 슬그머니 치웠다. 그리고 하인들을 불러 이 일을 절대로 입 밖에 내지 말라고 당부하였다.

활빈당, 의로운 도둑들

정처 없이 떠돌던 길동은 우연히 경치가 뛰어난 산중 큰 바위 밑에 돌문이 난 것을 보았다. 신기해서 돌문을 열고 들어가자, 여러 사람이 모여 잔치를 벌이고 있었는데 알고 보니 도적의 소굴이었다.

"그대는 누구이기에 이곳까지 찾아왔소? 이곳에는 영웅들이 모여 있으나 아직 우두머리를 정하지 못하고 있소. 그대가 만일 힘과 기개가 있다면 한번 시도해 보시구려. 저기 있는 큰 돌을 들어 보시오."

이 말을 들은 길동은 마음속으로 잘 되었다고 생각했다.

"나는 한양 홍 판서댁 천한 첩의 소생 길동이오. 집에서 천대나 받으며 사는 게 싫어 정처 없이 떠돌아다니다가 우연히 이곳에 왔소. 마침 모든 호걸들이 나를 같은 무리로 받아 주니 이루 말할 수 없이 감사하오. 장부가 어찌 저 정도의 돌 들기를 주저하겠소."

이렇게 말하고는 그 돌을 번쩍 들고 몇 십 걸음을 걷다가 던졌다.

무게가 천 근이나 되는 돌이었다. 이것을 본 도적들이 일제히 환호하였다.

"과연 장사로다. 우리 수천 명 가운데 이 돌을 든 사람이 없는데, 오늘 하늘이 도와 장군을 내려 주셨도다."

그들은 길동을 우두머리로 받아들이고 충성을 맹세했다. 길동은 그들과 온종일 즐기며 놀았다. 그 후 길동은 무리들과 더불어 무예를 연습하며, 제대로 된 군법을 엄격히 세웠다.

그러던 어느 날, 여러 사람이 몰려와 건의했다. 합천 해인사에 있는 스님들이 욕심을 부려, 옳지 못한 방법으로 재물을 모으고 있다고 했다. 그러니 그 재물을 빼앗으러 가자는 말에 길동은 당장 길을 나섰다.

"내가 앞장설 터이니, 그대들은 내 지휘대로만 하라."

길동은 푸른 도포에 검은 띠를 두르고 나귀 등에 올랐다. 그리고 부하 몇 사람을 데리고 해인사 주지 스님을 찾아갔다.

"나는 한양 홍 판서의 아들입니다. 이 절에 글공부를 하러 왔는데, 내일 백미 이십 석을 이곳으로 보낼 테니 그것으로 음식을 깨끗이 차려 주십시오. 그러면 스님들과 함께 나누도록 하겠습니다."

그러자 모든 스님들이 많은 쌀을 얻게 됐다며 기뻐하였다. 길동은 돌아와 백미 수십 석을 절로 보내게 한 뒤에, 부하들에게 작전을 알려 주었다. 얼마 후에 길동은 부하 수십 명을 데리고 해인사에 도착했다. 모든 스님들이 반갑게 맞이했다.

　길동은 맨 윗자리에 앉아 스님들을 청하여 각각 상을 받게 하고는, 먼저 술을 마시며 차례로 권하였다. 스님들은 고마워 어찌할 바를 몰랐다. 길동이 음식을 먹다가 모래를 슬그머니 입에 넣고 깨물자, 돌 씹는 소리가 크게 났다.

　“어찌 이렇게 음식을 불결하게 하였느냐? 이는 분명 나를 깔보고 업신여긴 것이렷다.”

　길동은 거짓으로 몹시 화를 내고는 부하들을 시켜 모든 스님을 한 줄에 결박하여 앉혔다. 모두가 겁이 나고 두려워서 어쩔 줄을 몰랐다. 그때 길동의 부하 수백 명이 한꺼번에 달려들어 절의 재물을 제 것 가져가듯 쉽게 빼앗아 버렸다. 이후 관아에서 이 일을 알게 되었지만 이미 엎질러진 물이었다.

　길동은 부하들을 남쪽 큰길로 보내고 혼자 스님 차림으로 관군을 속여 무사히 소굴로 돌아왔다. 그 후 길동은 자신을 따르는 무리에게 ‘활빈당’이라고 이름을 붙였다. 조선 팔도를 다니며 각 마을 수령이 옳지 못한 방법으로 모은 재물이 있으면 빼앗고, 몹시 가난하여 의지할 데 없는 사람이 있으면 구제하였다. 선량한 백성들의 재물은 건드리지 않고, 나라에 속한 재물에도 손대지 않았다. 이러므로 여러 도적의 무리가 길동을 따랐다.

　하루는 길동이 여러 부하들을 모아 놓고 의논하였다.

"내가 듣기로, 함경 감사가 백성들의 재물을 빼앗아 괴롭히는 탐관 오리(탐욕이 많고 행실이 깨끗하지 못한 벼슬아치)라고 한다. 우리가 알게 된 이상 가만히 있을 수 없다!"

길동의 부하들은 은밀하게 한 사람씩 함경도로 들어갔다. 그리고 약속한 날 밤에 남문 밖에 불을 크게 질렀다. 그 사실을 알게 된 감사가 어서 불을 끄라고 난리를 쳤다. 관리들과 하인들이 우르르 달려나와 불을 끄느라 야단법석이었다. 바로 이때, 길동의 부하 수백 명은 한꺼번에 성안으로 달려 들어가 창고를 열었다. 그러고는 돈과 곡식, 무기를 챙긴 뒤에 북문으로 달아났다.

날이 밝은 뒤 감사가 창고의 재물을 도둑맞은 것을 알고 도적을 잡겠다고 열을 올렸다. 북문에 방(널리 알리기 위하여 길거리 등에 써 붙이는 글)이 하나 붙었다는 소식이 들려왔다. 방에는 이렇게 쓰여 있었다.

창고에 있는 돈과 곡식을 훔쳐 간 사람은 활빈당의 우두머리, 홍길동 이다.

감사가 분해서 군사를 일으켜 길동을 잡으려 하였지만 신통력이 뛰어난 길동의 상대가 되지 못했다.

여덟 명의 홍길동

하루는 길동이 여러 부하를 모아 놓고 놀라운 재주를 보여 주었다. 짚으로 허수아비처럼 생긴 사람 모양을 일곱 개 만들어 놓고는 주문을 외우며 넋을 불어넣었다. 그러자 일곱 길동이 한꺼번에 팔뚝을 뽐내며 크게 소리치고 한곳에 모여 야단스럽게 지껄였다. 그러니 누가 진짜 길동이인지 알 수가 없었다.

여덟 명의 길동이 팔도에 하나씩 흩어져 각각 수백 명씩 사람을 거느리고 다녔다. 여덟 명의 길동이 똑같이 바람과 비를 마음대로 부리는 술법을 써서 각 읍 창고에 있던 곡식을 하룻밤 사이에 흔적도 없이 가져갔다. 또 지방에서 서울로 올려 보내는 선물 보퉁이들을 하나도 놓치지 않고 빼앗았다. 이렇게 되자 팔도의 백성들이 놀라고 두려워했다.

팔도에서 활개를 치고 다니는 도적의 이름이 다 '홍길동'인 데다가, 돈과 곡식을 잃은 일시도 다 같은 날, 같은 시간이었다. 임금까지 이 사실을 알게 되어 포도대장 이흡을 불렀다. 하지만 포도대장 이흡은 푸른 도포를 입은 소년으로 변장한 길동에게 속아서 같이 도적을 잡으러 간다고 따라갔다가 활빈당 소굴에 들어가 죽을 뻔하였다.

"이 사람아, 내가 바로 활빈당 우두머리 홍길동이다. 그대가 나를 잡으려 하므로, 어제 내가 주막에 갔었네. 그대는 부질없이 다니지 말고 빨리 돌아가라. 그대가 만일 나를 보았다고 하면 반드시 죄를 추궁당할 것이니 부디 그런 말은 입 밖에 내지 말게."

포도대장 이흡은 이게 꿈인가 생시인가 헷갈리면서도 길동의 조화에 감탄했다. 그리고 길동의 말대로 길동을 만난 사실을 입 밖에 내지 않았다.

"홍길동, 이놈 하나를 포도대장 이흡도 잡지 못한단 말인가?"

임금님은 삼정승과 육판서를 모아 놓고 의논을 하였다.

"홍길동은 전임 이조 판서 홍 아무개의 둘째 아들이고, 병조 좌랑 홍인형의 동생입니다. 그 부자를 잡아 와서 친히 심문하시면 자연히 알게 되실 것입니다."

그 말을 들은 임금님은 몹시 화가 나서 당장 부자를 불러들였다.

"길동이라는 도적이 그대의 아들이라는데 어찌 자식 단속을 하지 않고 나라에 큰 재앙이 되게 만들었는가? 홍길동을 잡아들이지 않으면 비록 그동안의 공이 있다 해도 용서할 수 없다!"

인형이 머리를 조아리고 쩔쩔매며 아뢰었다.

"신의 천한 아우가 일찍 사람을 죽이고 달아난 지 몇 년이 지났습니다. 하지만 그 생사를 알지 못하여, 신의 늙은 아비는 병이 나 목숨이 곧 끊어질 지경입니다. 길동이 도리에 어긋나고 흉악한 행동을 하여 전하께 근심을 끼쳤으니, 신은 만 번 죽어도 억울하지 않사옵니다. 엎드려 바라옵건대, 은혜를 베푸시어 신의 아비 죄를 용서하시고 집에 돌아가 병을 다스리게 해 주소서. 신이 목숨을 걸고 길동이를 잡아 저희 부자의 죄를 갚을까 하옵니다."

임금님은 인형의 효성 어린 말을 듣고 분노가 풀렸다. 그래서 즉시 홍 판서의 죄를 용서하고 감옥에서 풀어 주었다. 또 인형에게는 경상 감사라는 벼슬을 내렸다.

"경이 만일 홍길동을 잡지 못하면 감사로서의 능력이 없다고 볼 것이다. 길동을 일 년 안에 속히 잡아들이도록 하라."

인형은 임금님께 수없이 절을 올리며 너그러운 은혜에 감사드렸다. 바로 그날로 경상 감사가 되어 길을 떠난 인형은 감영에 도착하자마자 각 읍에 방을 붙였다.

사람으로 태어났으면 인의예지(유학에서 말하는 사람이 마땅히 갖추어야 할 네 가지 성품. 곧 어질고, 의롭고, 예의 바르고, 지혜로움을 뜻함)가 가장 중요한 것은 누가 보아도 분명하다. 이를 알지 못하고 임금과 아버지의 명을 거역해 불충불효하면 어찌 세상이 받아들이겠는가. 아버지께서 너로 말미암아 병이 깊어지고 성상께서도 크게 근심하시니, 너의 죄악이 차고 넘치도다. 이러므로 나를 특별히 감사로 임명하여 너를 잡아들이라고 하셨다. 만일 너를 잡지 못하면 우리 홍 씨 집안의 깨끗한 덕은 하루아침에 사라질 것이다. 아, 이 어찌 슬프지 않겠는가! 아우 길동이 일찍 자수하면 죄도 덜고, 가문도 보존할 수 있노라.

이는 곧 길동에게 쓴 내용이었다. 감사는 모든 일을 제쳐 두고 길동이 자수하기만 손꼽아 기다렸다. 얼마 후, 나귀를 탄 소년이 하인 수십 명을 거느리고 감사를 만나러 찾아왔다. 감사가 자세히 보니 그토록 기다리던 길동이었다. 감사는 주위 사람들을 물러가게 한 뒤에 길동의 손을 잡고 목이 메도록 흐느껴 울었다.

"길동아! 네가 갑자기 집을 떠난 뒤에 아버님께서는 너를 걱정하다가 고칠 수 없는 병에 걸리셨다. 너는 갈수록 불효를 끼칠 뿐 아니라 나라에 큰 근심거리가 되고 있구나! 도대체 왜 도적이 되어 세상에 그토록 큰 죄를 짓느냐? 너 때문에 성상께서 진노하시어 명령을 내리셨다. 너는 일찍 서울로 올라가서 순순히 어명을 받들거라."

길동은 인형이 비 오듯이 눈물을 흘리며 하는 말을 가만히 들었다.

"제가 여기에 온 것은 아버지와 형의 위태로운 처지를 구하기 위한 것입니다. 대감께서 처음부터 아버지를 아버지라 부르게 하고, 형을 형이라 부르게 하셨다면 여기까지 왔겠습니까? 이제 와서 지나간 일을 말해 보아야 아무 소용이 없겠지요! 이제 못난 동생을 묶어 서울로 올려 보내십시오."

길동이 하는 말을 들은 감사는 몹시 슬펐지만 길동을 잡아들였다. 길동의 목에 칼을 씌우고 발에 차꼬를 채워 죄인을 실어 나르는 수레에 태웠다.

이때 팔도에서 제각기 길동을 잡아 올리는 바람에 조정과 서울 사람들은 어리둥절했다. 임금이 놀라서 온 조정의 신하들을 모아 놓고 몸소 죄인을 심문하려고 하였다. 그런데 여덟 명의 길동이들이 서로 말다툼을 하였다.

"네가 진짜 길동이다! 나는 아니야."

똑같이 생긴 여덟 명의 길동이 서로 싸우니, 누가 진짜인지 분간할 수가 없었다. 임금이 즉시 길동의 아버지 홍 판서를 불러들였다.

"저 여덟 중에서 경의 아들을 찾아내어라!"

홍 판서가 임금에게 머리를 조아리며 아뢰었다.

"신의 천한 자식 길동은 왼쪽 다리에 붉은 점이 있습니다. 그것을 보면 알 수 있을 것입니다."

그러고 나서 똑같이 생긴 여덟 명의 길동이를 꾸짖었다.

"네 가까이에 임금님이 계시고 그 아래로 아비가 있는데, 네가 이렇듯 엄청난 죄를 지었으니 죽음을 두려워 말라."

홍 판서는 그 말을 겨우 하고 나서 피를 토하며 기절해 버렸다. 임금이 몹시 놀라서 내의원을 불러 구하게 했지만 효험이 없었다. 여덟 명의 길동이 모두 눈물을 흘리면서 주머니에서 환약 한 개씩을 꺼내 홍 판서의 입에 넣어 주었다. 그러자 한참 시간이 지나서 홍 판서는 겨우 깨어났다.

여덟 명의 길동이 엎드려 임금님에게 아뢰었다.

"신의 아비가 나라의 은혜를 입었사온데, 신이 어찌 감히 나쁜 짓을 하오리까? 그렇지만 신은 본래 천한 종의 몸에서 났기 때문에 아버지를 아버지라 부르지 못하고, 형을 형이라 부르지 못하여 평생 한이 맺혔습니다. 그래서 집을 떠나 도적의 무리에 뛰어들었습니다. 그러나 죄가 없는 선량한 백성은 한 번도 괴롭히지 않았습니다. 오직 백성들을 들볶아 착취한 탐관오리들의 재물만 빼앗았을 뿐입니다. 엎드려 빌건대 전하께서는 근심하지 마시고 신을 잡으라는 어명을 거두어 주옵소서."

말을 마치자마자 여덟 명의 길동이 한꺼번에 넘어졌다. 모두 짚으로 만든 허수아비였다.

마음에 맺힌 한을 풀다

길동은 이제 혼자가 되어 길을 떠났다. 가면서 사대문에 방을 하나씩 써 붙였다.

요망한 신하 길동은 아무리 애써도 잡지 못할 것입니다. 허나 병조판서 벼슬을 내리시면 스스로 잡히겠습니다.

임금님이 그 글을 보고 신하들을 모아 함께 의논하였다. 다들 죄인에게 벼슬을 내릴 수는 없다고 반대를 하였다. 임금이 옳다고 여기고, 다만 경상 감사만 재촉하였다. 경상 감사 인형은 임금의 엄격한 분부를 듣고는 송구하여 어쩔 줄을 몰랐다.

그렇게 인형이 하루하루 괴로운 날을 보내고 있을 때였다. 길동이 공중에서 스르르 내려와 절을 올린 뒤 말했다.

"저는 진짜 길동입니다. 형님께서는 아무 염려 마시고 저를 잡아서 서울로 보내십시오."

감사가 이 말을 듣고는 길동의 손을 잡고 눈물을 뚝뚝 흘렸다.

"이 철없는 아우야! 너와 나는 같은 피를 나눈 형제인데 네가 아버지와 형의 가르침을 듣지 않고 온 나라를 떠들썩하게 하니 안타깝구나. 네가 이제라도 진짜 몸으로 와서 스스로 잡혀가기를 원하니 기특하다!"

인형이 진짜인지 확인하기 위해 길동의 왼쪽 다리를 보니 과연 붉은 점이 있었다. 인형은 즉시 길동의 팔다리를 단단히 묶어 죄인을 호송하는 수레에 태운 뒤, 힘이 센 장교 수십 명을 뽑아 철통같이 에워싸고 바람처럼 몰아갔다.

무리는 며칠 만에 마침내 서울에 다다랐다. 대궐 문 앞에서 길동은 몸을 한번 흔들었다. 그러자 팔다리를 묶었던 쇠사슬이 뚝 끊어졌다. 마치 매미가 허물을 벗듯이, 길동은 공중으로 올라가며 구름과 안개에 싸여 보이지 않게 되었다.

길동을 데리고 온 장교와 군사들은 넋을 잃고 공중만 바라보았다. 이 기가 막힌 소식을 들은 임금님은 큰 걱정에 잠겼다. 이때 한 신하가 나서서 임금님께 아뢰었다.

"홍길동의 소원이 병조 판서를 지낸 뒤 조선을 떠나는 것이라고 하였습니다. 그러니 이 소원을 들어주시면 스스로 임금님의 은혜에 보답한다고 찾아올 것입니다. 그때 길동을 잡는 것이 어떻겠습니까?"

"옳은 생각이오!"

임금님은 즉시 길동에게 병조 판서 자리를 맡긴다는 방을 써서 사대문에 붙였다. 길동이 즉시 사모관대(옛날 관리가 업무를 볼 때 입던 의복과 모자)에 서띠(일품의 벼슬아치가 허리에 두르던 띠)를 두르고 당당하고 의젓하게 대궐에 찾아왔다.

"지금 홍 판서께서 임금님의 은혜에 감사하러 오신다."

수레를 모는 하인들이 소리치자, 병조의 하급 관리들이 호위하여 길동을 대궐 안으로 모시고 들어갔다.

"길동이 임금님께 감사 인사를 드리고 나올 것이다. 그때 도끼와 칼을 잘 쓰는 군사를 숨겨 두었다가 한꺼번에 달려들어 죽이자!"

대궐의 신하들은 길동을 죽일 계획을 단단히 세웠다. 한편, 대궐 안으로 들어간 길동은 엄숙한 자세로 임금에게 큰절을 올렸다.

"소신의 죄가 지극히 무겁습니다만, 도리어 임금님의 은혜를 입어 평생의 한을 풀었습니다. 이제 전하와 영원히 작별하오니 부디 만수무강하옵소서."

길동이 말을 마치고 나서 공중으로 스르르 올라갔다. 그러고는 구름에 싸여 어디론가 떠나가 버렸다. 그 모습을 본 임금이 매우 감탄하였다.

"길동이 가진 재주는 예나 지금이나 정말 기이하도다. 조선을 떠난다고 스스로 말했으니, 대장부다운 통쾌한 마음을 가진 자라서 앞으로 크게 염려할 일은 없다."

임금님은 길동의 죄를 용서하고 형벌을 거둔다는 글을 팔도에 써 보냈다. 더 이상 길동을 잡는 일을 하지 않아도 되어 관리들이 한시름 놓았다.

대궐을 나온 길동은 활빈당 소굴로 돌아와 부하들을 모아 놓고 말했다.

"내가 다녀올 곳이 있다. 너희들은 아무 데도 가지 말고 내가 돌아오기만을 기다려라."

길동은 부하들과 함께 살 곳을 찾으러 떠났다. '율도국'이란 곳에 도착하니 산천이 맑고 깨끗하여 살기 편안했다. 또 '제도'라 하는 섬에 들어가 두루 다니면서 산천도 구경하고 인심도 살피며 다녔다.

'이곳에 와 숨어 살면서 큰일을 꾀하면 좋겠구나!'

큰 병을 앓던 홍 판서는 길동이 더 이상 소란을 일으키지 않자 병이 저절로 나았다. 길동 때문에 근심이 많던 임금 또한 마음 편하게 지내고 있었다. 초가을 무렵, 임금이 달빛을 받으며 뒤뜰을 거닐 때였다. 갑자기 한 줄기 맑은 바람과 함께 피리 소리가 들려왔다.

"선동(신선의 시중을 든다는 아이)이 어찌하여 인간 세상에 내려왔는가? 나에게 무슨 이야기를 하고 싶은가?"

임금님은 하늘에서 내려온 소년에게 물었다. 그러자 소년이 땅에 엎드려 아뢰었다.

"신은 전에 병조 판서를 맡았던 홍길동이옵니다."

임금님이 놀라 물었다.

"이토록 깊은 밤에 어찌 나를 찾아왔느냐?"

길동이 대답하였다.

"전하를 평생토록 받들어 모시고 싶었습니다. 허나, 제가 천한 종의 몸에서 태어났기 때문에 벼슬길이 막혀 있었습니다. 이런 까닭으로 사방을 멋대로 떠돌아다니면서 관청에 폐를 끼치고 조정에 죄를 지었습니다. 이 모든 행실은 전하께 제 이름을 알리고자 한 것입니다. 이제 병조 판서란 벼슬을 주시어 평생의 소원을 들어주셨으니 조선을 떠나갑니다. 부디 전하께서는 만수무강하소서!"

길동이 할 말을 다 하고 나서 공중으로 올라가 어디론가 사라져 버렸다. 그 모습을 보며 임금님은 길동의 재주를 칭찬하고 아까워했다. 그 후로 세상이 평온하고 조용했다.

새로운 나라에서

길동은 부하들과 함께 남경 땅 제도라는 섬으로 들어갔다. 거기서 길동과 부하들은 수천 호의 집을 지어 농사를 짓고 풍족하게 지냈다. 병사들은 병법을 계속 익히면서 훈련을 해 나갔다.

어느 날, 길동은 화살촉에 바를 약을 구하러 망당산(중국 강소성 당상현 동남쪽에 있는 산으로 한나라 고조가 숨어 살던 곳)으로 가던 길에 낙천 땅을 지나게 되었다.

그곳에는 백룡이라는 부자가 재주가 뛰어나고 아름다운 딸을 키우며 살고 있었다. 그런데 어느 날 광풍이 크게 일어나면서 그 딸이 순식간에 사라지고 말았다. 백룡 부부는 슬퍼하며 많은 돈을 내걸고 사방으로 딸을 찾아다녔다.

"내 딸을 찾는 사람에게는 우리 집 재산의 반을 주고 사위로 삼으리라."

길동도 그 이야기를 듣고 마음이 안타까웠지만 당장 약초를 캐는 일이 급했다. 망당산에 올라가 귀한 약초를 캐느라 점점 깊이 들어가다가 날이 저물어 버렸다.

갑자기 등불이 밝게 비치는 것이 보여 다가가니, 사람이 아닌 괴물들이 앉아 지껄이고 있었다. 원래 이 괴물은 '울동'이라고 하는데, 여러 해를 묵어 그 변화가 끝이 없었다. 길동이 몸을 감춘 채 활을 날쌔

게 쏘았다. 마침 우두머리 괴물이 화살을 맞고 다쳤다. 그러자 놀란 괴물들이 비명을 지르며 달아났다.

다음 날 길동이 이곳저곳 두루 다니면서 약초를 캐고 있는데, 어디선가 괴물들이 나타나 말을 걸었다.

"무슨 일로 이 깊은 곳까지 왔소?"

"내가 의술을 알기에 이 산에 들어와 약초를 캐고 있었소."

괴물들이 아주 반가워하며 말했다.

"우리는 오래전부터 이곳에 살았는데, 우리 왕이 새 부인을 맞이하는 잔치를 하다가 하늘에서 날아온 화살을 맞아 목숨이 위태롭소. 그대가 효험이 좋은 약으로 우리 왕의 병만 고쳐 주면 후한 상을 받을 거요."

길동은 시치미를 떼고 괴물들을 따라갔다. 흉악하게 생긴 괴물 하나가 누워 신음하고 있었다.

"내가 우연히 하늘에서 날아온 화살을 맞아 위독하게 되었더니, 하늘에서 나를 살리려고 자네를 보냈군. 어서 재주를 써서 내 병을 고쳐 주게!"

"먼저 몸속을 치료할 약을 쓰고, 그다음에 바깥의 상처를 치료할 약을 쓰는 것이 효과에 좋습니다."

길동은 약 주머니에서 독약을 꺼내어 얼른 뜨거운 물에 타서 먹였다. 그러자 괴물이 고통스러운 듯이 큰 소리를 지르더니 숨이 멎어 버렸다. 자신들의 왕이 죽는 모습을 본 괴물들이 한꺼번에 달려들었다. 길동은 당황하지 않고 신통력을 부려 모든 괴물을 죽였다. 그런데 갑자기 젊은 여인 두 명이 나타나서 애원을 했다.

"저희는 괴물이 아니라 인간 세계 사람입니다. 여기에 억지로 잡혀 왔으니 부디 목숨만 살려 주세요!"

길동은 백룡이 딸을 찾던 이야기가 생각나서 물어보았다. 과연 맞았다. 한 여인은 백룡의 딸이요, 또 한 여인은 조철이란 사람의 딸이었다.

길동이 두 여인을 구출하여 각각 집으로 무사히 돌려보냈다. 그 부모들이 크게 기뻐하면서 약속대로 길동을 사위로 삼았다. 첫째 부인이 백 소저(처녀를 높여서 부르는 말)요, 둘째 부인은 조 소저였다. 길동은 하루아침에 두 아내를 얻게 되었다. 두 집안의 식구들을 거느리고 제도로 돌아오자 모든 사람이 결혼을 축하해 주었다.

하루는 길동이 천문(천체의 운행에 따라 역법을 연구하거나 길흉을 예언하는 일)을 살피다가 별안간 눈물을 흘렸다. 부친인 홍 판서의 죽음을 미리 알게 된 것이다. 이튿날 월봉산에 들어가 아버지의 산소를 훌륭한 터에 정하고 임금의 무덤처럼 만들어 두었다. 그러고는 스님처럼 머리를 깎고 옷을 입은 채로 조선의 본가를 찾아갔다.

이미 아버지가 세상을 떠난 사실을 알고 찾아간 길동은 형인 인형과 부둥켜안고 통곡했다. 안채에 들어가 유 씨 부인을 만나 인사

를 하고 또 어머니인 춘섬과 오랜만에 만나서 서로 한바탕 눈물을
흘렸다.

"제가 지술(풍수지리설에 바탕을 두고 지리를 보아 묏자리나 집터
따위의 좋고 나쁨을 알아내는 술법)을 배워서 아버님을 위한 좋은
묏자리를 보아 두었습니다."

인형은 길동의 말을 듣고 기뻐하며 아버지를 그곳에 모시기로 했
다. 길동은 아버지의 제사를 극진히 받들어 삼년상을 잘 마쳤다.

제도의 남쪽에 율도국이라는 나라가 있는데, 길동이 항상 마음속
으로 바라던 땅이었다. 기름진 평야가 수천 리나 되어 아주 살기 좋
았기 때문이다.

"내가 율도국을 치고자 하니 그대들은 최선을 다하라!"

길동은 스스로 앞장을 서서, 잘 훈련된 병사 오만 명을 거느리고
율도국 철봉산에 쳐들어갔다. 길동은 단번에 철봉을 함락시키고 두
려움에 떠는 백성들을 달래고 위로하였다. 길동은 율도국 왕에게 글
을 써 보냈다.

의병장 홍길동은 율도국 왕에게 글을 쓴다. 임금이란 한 사람의 임금
이 아니요, 천하 사람들의 임금이어야 한다. 이제 나는 하늘의 명을 받
아 병사를 일으켜 먼저 철봉 산성을 격파하고 물밀듯 들어와 도성까지
이르렀다. 그러니 왕은 싸우고자 하거든 싸우고, 그렇지 않으면 일찍

항복하여 목숨을 구하라.

겁에 질린 율도국 왕은 모든 신하들을 거느리고 항복하였다. 길동이 왕위에 오른 후, 항복하여 살아남은 율도국 왕에게 의령군이란 작위를 내려 주었다. 여러 장수들에게도 벼슬을 알맞게 하사했다. 조정의 모든 벼슬아치들이 만세를 부르며 새 임금을 축하해 주었다.

길동이 나라를 다스린 지 3년이 지나자 산에는 도적이 없고, 길에서는 떨어진 물건을 주워 가는 사람도 없을 만큼 평화로웠다.

하루는 왕이 부원군 백룡을 불러 당부하였다.

"내가 조선 임금께 표문(마음에 품은 생각을 적어서 임금님에게 올리는 글)을 올리려 하니 경은 잘 전하고 오시오."

길동은 임금님에게 바칠 표문과 홍 씨 집안에 부칠 편지를 써서 백룡에게 주었다. 백룡이 전한 표문을 본 조선의 임금은 길동을 몹시 칭찬했다.

"홍길동은 실로 놀라운 인재로다."

임금님은 인형을 사신으로 삼아 길동을 칭찬하고 그 노고를 위로하는 글을 써서 보내고자 하였다. 인형이 임금님의 은혜에 감사한 뒤에 어머니를 모시고 율도국으로 떠났다. 왕이 된 길동이 잔치를 열어 환대하였다. 아버지의 산소도 함께 둘러보고, 다시 큰 잔치를 베풀어 가족의 정을 나누었다.

여러 날이 지나 유 씨 부인이 갑자기 병을 얻어 세상을 떠나니, 길동은 유 씨 부인을 아버지의 무덤 곁에 나란히 묻었다. 율도국 왕 길동은 유 씨 부인의 삼년상을 잘 치렀다. 그리고 얼마 지나지 않아 길동의 친어머니인 춘섬도 세상을 떠나니, 역시 홍 판서의 무덤 곁에 나란히 안장하고 삼년상을 치렀다.

　그후, 길동 왕은 아들 셋과 딸 둘을 두었다. 왕이 나라를 다스린 지 30년 만에 갑자기 병이 들어 세상을 떠났을 때의 나이는 72세였다. 곧이어 두 왕비도 세상을 떠나자 아버지의 무덤 아래 함께 안장하였다. 이후 큰아들인 세자가 왕위에 올라 태평성대를 누리며 잘 살았다.

홍길동전
부록

일러두기

원전을 기본으로 하나 어려운 한자나 이해하기 힘든 부분은 풀어서 썼습니다. 또한 미루어 짐작할 수 있는 상황은 대화나 인물의 심리 상황을 추가해 고전에 쉽게 접근하도록 했습니다.

들어가기

장면1.

동사무소에서 번호표를 뽑아 기다리던 남학생과 여학생. 견본으로 진열해 놓은 공문 양식을 보던 여학생이 까르르 웃는다.

남학생 : (호기심 어린 표정으로) 왜 웃어?

여학생 : 여기 견본에 적힌 사람 이름이 뭔지 알아?

남학생 : (다가와서) 어디, 어디?

여학생 : 봐, 웃기지!

남학생 : 하하하! 홍길동이란 이름을 여기서 보다니!

여학생 : 진짜 신기하다!

장면2.

선생님 : 애들아, 은행이나 우체국에 가도 홍길동이란 이름을 볼 수 있어. 관공서나 학교에 가 보면 공문 양식의 이름을 적는 곳에 '홍길동'이 자주 등장한단다.

여학생 : 아하! 우리 동네 동사무소만 그런 게 아니었네요.

남학생 : 그러고 보면 우리나라 사람들이 홍길동이란 이름을 참 좋아하나 봐요!

선생님 : 아주 틀린 말은 아니지! 홍길동이란 인물이 우리에게 그만큼 친숙하고 유명하기 때문이야.

여학생 : 선생님, 홍길동이 들어간 속담도 있어요! '홍길동이 합천 해인사 털어먹듯이'란 속담을 들은 적이 있거든요.

선생님 : 그 속담을 잘 이해하려면, 〈홍길동전〉을 제대로 읽어 보는 게 좋아!

장면3.

남학생 : 선생님, 그 속담의 뜻을 이해했어요. 제가 〈홍길동전〉을 다 읽었거든요!

여학생 : 그래서 오늘은 그 속담으로 사행시를 지어 보려고?

남학생 : 우와, 어떻게 알았지?

선생님 : 속담으로 사행시를 어떻게 지었는지 정말 궁금하다!

남학생 : 홍 : 홍길동이 들어간 속담으로 '홍길동이 합천 해인사 털어먹듯이'란 말이 있다. 홍길동이 부하들과 합천 해인사에 들어가 아무것도 남기지 않고 싹싹 쓸어 갔다는 이야기에서 나온 속담이다.

길 : 길이길이 빛나는 홍길동의 이름이 들어간 속담이 또

하나 있다. '재주는 홍길동이다'

동 : 동에 번쩍, 서에 번쩍하는 신통력을 가진 홍길동처럼

재주가 변화무쌍하다는 뜻이다.

전 : 전해 오는 이 고전 소설은 허균이란 사람이 쓴 최초의

한글 소설로도 아주 유명하다.

여학생 : 우와!

선생님 : 어서 빨리 〈홍길동전〉에 대해 살펴보자.

고미담
고전은 미래를 담은 그릇

고전 소설 속으로

〈홍길동전〉은 우리나라 최초의 한글로 된 소설인 동시에 작가가
알려진 고전 소설이라는 점에서 높은 가치를 간직하고 있다.

작품의 배경은 조선 세종 때이다. 세종 시대의 사회를 비판했다기
보다는 허균 시대의 적서 차별과 그 모순을 고발하면서 새로운 이상
향의 나라를 건설하는 내용을 담고 있다. 그 당시에 차별받던 백성들
의 한을 대변했다는 점에서 독자들의 뜨거운 호응을 받았을 것이다.

양반인 아버지를 두었지만, 어머니가 천민이기 때문에 길동은 서자 신세였다. 가족들에게 존재 자체가 받아들여지지 못하고 자식으로 인정받지도 못한 길동은 생명의 위협까지 겪고 나서 집을 떠난다. 뜻하지 않게 도적 두목이 되었지만 '활빈당'이라는 이름을 짓고, 못된 탐관오리의 재물을 빼앗아 어려운 사람들을 도와주며 전국을 누빈다.

조정에서는 그를 잡으려 하지만 끝내 잡지 못하고, 홍길동이 원하는 대로 마지못해 병조 판서 직책을 내린다. 그러나 길동은 그 자리를 탐내지 않고 '율도국'이라는 새로운 나라를 건설하여 자신이 꿈꾸던 나라를 만든다.

홍길동처럼 조선 시대에 서자로 태어난 천민들은 인간다운 삶을 누릴 수 없었고, 그저 앞날이 캄캄했다. 그런 미래가 없는 서얼들 가운데 우뚝 솟아난 홍길동은 활빈당을 세우거나 율도국을 꿈꿀 수밖에 없었다. 조선 시대의 서얼이나 서얼과 다를 바 없는 백성들은 〈홍길동전〉을 읽으며 용기를 내고 희망을 품었을 것이다.

〈홍길동전〉은 양반 중심의 사회 제도와 가정의 모순을 고발하고 신분 차별의 불합리함을 깨닫게 해 주는 사회 소설이기도 하다. 홍길동이 보여 주는 다양하고 신비한 둔갑법, 축지법, 분신술 등은 도술 소설의 요소라고도 할 수 있다.

• 작가 소개 - 허균(1569~1618)

허균은 조선 선조, 광해군 때의 문인이자 정치가이다. 호는 교산(蛟山)이다. 21살에 생원 시험에 합격하고 26살에 문과에 합격했다. 29살에는 문과 중시(이미 과거에 합격하여 벼슬에 있는 사람들을 대상으로 10년에 한 번씩 보았던 시험)에서 장원을 할 정도로 실력이 매우 뛰어났다.

허균의 글솜씨가 얼마나 대단했는지 알 수 있는 일화가 있다. 1606년, 그 당시 중국에서 대문호로 이름을 날린 주지번이 우리나라에 사신으로 왔다가, 허균의 글솜씨에 탄복을 했다고 한다. 이처럼 천재적인 재능을 가졌지만 그의 인생은 불행했다. 형은 당쟁에 휘말려 먼 곳으로 귀양을 가고, 가장 사랑하던 누나 난설헌은 불행한 결혼 생활을 하다 젊은 나이에 세상을 떠났다.

허균은 원래 자유롭고 틀에 얽매이기를 싫어하는 기질이 있었다. 그래서 벼슬에 있으면서 기생과 사귀기도 하고 나라에서 배척당하던 불교를 가까이하기도 했다. 그러니 벼슬에서 자주 쫓겨나곤 했다. 형조 판서, 의정부 참판을 지냈으나 세 번이나 물러나야 했다. 그는 현실의 문제점을 꿰뚫어 보고 비판적인 시각을 가진 사람이었다. 그 때문에 급진 개혁 사상을 가졌다는 이유로 반역자로 몰려 처형을 당했다. 천재적인 재능을 가진 허균은 그렇게 비극적인 삶을 마무리했다.

다행히 허균이 쓴 문집들은 세상에 알려지게 되었다. 사회의 모순을 비판한 〈유재론〉, 〈호민론〉 등의 글과 《국조시산》, 《성소부부고》 등의 문집을 남겼다.

〈홍길동전〉을 허균이 썼다고 알려지게 된 경위는 다음과 같다. 학자인 이식의 문집인 《택당집》에 "허균이 〈홍길동전〉을 지어 《수호지》와 견주었다."고 쓰여 있었던 것이다. 1933년 김태준은 《택당집》의 기록을 근거로 해서 《조선소설사》에 〈홍길동전〉의 작가가 허균이라고 전했다. 이식의 기록이 잘못이라고 뒤엎을 만한 결정적인 증거가 아직 나오지 않았기 때문에 〈홍길동전〉의 작가를 허균이라고 보고 있다.

• 조선 시대의 신분 제도는 어떠했나?

조선 시대 사람들의 신분은 양반, 중인, 상민, 천민으로 나누어졌다. 우선 양반은 조선의 지배층이다. 힘든 노동은 하지 않았으며, 책을 읽거나 공부를 하며 나랏일에 참여했다. 문과 출신의 '문반'과 무과 출신의 '무반'을 아우르는 관직에 나아가 뜻을 펼칠 수 있었다. 과거에 응시하고 벼슬길에 오를 수 있는 특권이 있었던 것이다.

중인은 양반과 상민 사이의 중간 계층이다. 이들은 주로 전문 지식이나 기술을 갖고 있었지만 하급 관리에 머물렀다. 행정 업무를 하며 관청이나 병을 고치는 일을 하는 의관, 통역을 하는 역관이 되었다.

중인 다음인 상민은 평범한 백성들이다. 농사를 짓거나 수공업, 상업, 어업 등에 종사하는 사람들이었다. 원칙적으로는 과거에 응시할 수 있었지만, 실제로는 거의 불가능했다. 상민의 처지로는 교육에 많은 돈과 시간을 들이기 어려웠고, 먹고살기 위해 하루 종일 일하느라 공부는 꿈도 못 꾸었기 때문이다.

마지막으로 천민은 조선 시대 최하 계층이다. 노비가 여기에 속한다. 노비들은 교육을 받을 수 없었고 벼슬을 할 수도 없었다. 또한 물건처럼 사고팔거나 물려줄 수 있는 대상이었다. 백정(소나 개, 돼지와 같은 가축을 잡는 일을 직업으로 삼는 사람), 무당, 광대도 천민 대접을 받았다.

담고 싶은 이야기

• 왜 양반인 작가가 천민 영웅 이야기 〈홍길동전〉을 썼을까?

허균은 명문가 집안에서 태어난 어엿한 양반이자 조선 중기의 학자이며 사상가였다. 그런데 왜 그런 허균이 천민이 주인공인 소설을 쓰게 되었을까? 학자들은 허균이 스승 손곡 이달의 영향을 받았기 때문이라고 추측한다. 허균은 뛰어난 글재주를 가진 이달을 스승으로 굳게 믿고 따랐다고 한다. 하지만 서얼 출신인 이달은 자신의 능력과 재주를 세상에 펼칠 수 없었다. 당연히 조정에 나아가서 벼슬을 할 길은 막혀 있었다. 허균은 그런 스승의 처지를 너무나 안타깝게 여겼다고 한다. 옆에서 존경하는 스승의 고통과 암담한 현실을 보면서 조선의 신분 제도에 비판적인 시각을 갖게 되었을 것이다. 또한 서얼이라도 재주와 능력이 있다면 얼마든지 벼슬을 할 수 있는 사회를 희망했을 것이다.

허균은 양반이라도 격식에 매이지 않고 자유롭게 살았다. 게다가 신분에 관계없이 모든 사람을 동등하게 대했다. 그러니 자연스럽게 〈홍길동전〉 같은 소설을 쓰고자 하였을 것이다.

• 허균의 사상과 〈호민론〉

허균이 가진 사상은 그가 쓴 〈호민론〉에 잘 나타나 있다. 허균은 백성을 세 부류로 나누어 생각했다.

먼저 윗사람들에게 부림을 당하는 사람들이 있는데 바로 항민(恒民)이라고 한다. 항민은 현실의 문제점이 무엇인지 제대로 깨닫지 못하고, 위에서 시키는 대로 순종하며 산다.

그다음에는 원민(怨民)이 있다. 항민과 같은 처지에 놓여 있으면서, 늘 원망과 한탄만 하며 사는 사람들이 원민이다.

마지막으로 호민(豪民)이 있다. 이들은 지배층이 진짜로 두려워해야 하는 대상이었다. 호민은 자신이 받은 부당한 대우를 마음속 깊이 새기고 들고일어날 틈을 노린다. 그러다 때가 되면 불같이 일어나는 사람들이다. 원민과 항민까지 호민을 따르게 되면, 이때 '반란'이 일어난다.

이처럼 허균의 〈호민론〉에는 지배층이 백성을 두려워하고, 백성의 마음을 잘 살펴야 한다는 그의 사상이 잘 담겨 있다.

• 홍길동은 상상의 인물인가, 실존 인물인가?

'홍길동'이라는 이름은 조선 왕조의 역사를 기록한 《조선왕조실록》에 적혀 있다. 그러니 그는 실존 인물이 분명하다. 연산군 시절의 기록에도 홍길동이 등장한다. 1500년 10월에는 이런 기록이 적혀 있다. "강도 홍길동을 잡았으니 나머지 무리도 소탕하게 했다." 또 그해 12월에도 홍길동의 이름이 나온다. "홍길동의 죄를 알면서도 고발하지 않았던 자들을 변방으로 보내도록 했다."

이러한 기록에 따르면 홍길동은 조선 성종부터 연산군 대에 걸쳐 살았다고 한다. 그러니 허균은 상상의 인물이 아니라 실제로 있었던 홍길동을 모델로 삼아서 소설을 쓴 것으로 짐작된다.

기록 속에 나오는 홍길동은 세상을 어지럽힌 나쁜 도적이지만, 소설의 주인공인 홍길동은 의롭고 이상적인 캐릭터로 등장한다. 허균은 홍길동이라는 의로운 의적을 통해 시대의 모순을 날카롭게 보여 주고 있다.

고민해 볼까?

홍길동, 그가 진정으로 원했던 꿈은?

홍길동의 간절한 바람은 '아버지를 아버지라 부르고, 형을 형이라 부르는 것'만이 다는 아니었다. 홍길동은 서자의 한을 풀고 조정에 나가 벼슬길에 올라서 자신의 이름을 세상에 찬란히 빛내고자 했다.

자신의 존재 자체가 받아들여지지 않던 서자로서의 한이 활빈당을 이끄는 원동력이 됐고, 벼슬길에 오르고자 했던 소원이 결국 병조 판서까지 나아가게 했다.

자아실현의 길이 다양하지 않았던 조선 시대에는 오직 과거 시험을 통해서만 자신의 존재 가치를 증명할 수 있었다. 그런데 그 길이 태어날 때부터 이미 막혀 있었던 홍길동은 얼마나 답답하고 절망적이었을까. 요즘의 예로 들자면, 원하는 대학에 가려고 공부를 열심히 했지만 아예 대학 시험을 볼 수 있는 기회와 자격조차 주어지지 않는 경우라고 할 수 있겠다.

홍길동이 병조 판서 자리를 받은 것은 상징적인 의미가 있을 뿐이었다. 홍길동은 병조 판서 자리에 앉아 계속 벼슬을 누릴 욕심이 없었다. 어쩌면 조정 대신들이 자신의 명을 따르지 않을 것이라는 현실의 한계를 미리 인식했을지도 모른다.

그래서 홍길동은 불합리한 신분의 차별과 한계가 없는 나라를 찾아 나선다. 조선의 테두리를 벗어나서, 진정한 자아실현을 위해 떠난 것이다. 그리하여 홍길동은 서자라는 신분도, 도적의 대장이었다는 과거도 문제가 되지 않는 율도국을 세운다. 그곳에서 홍길동은 왕이 되어 올바른 정치를 펼치며 자신의 이름을 찬란히 빛낸다.

미처 생각하지 못한 질문

1. 홍길동은 자신을 해치려던 자객 특재와 무녀를 죽였다. 그의 행동에 대해 어떻게 생각하는가?

2. 홍길동의 친어머니는 홍 판서 집 여종 춘섬이었다. 홍길동도 천민인 어머니의 신분을 따라 태어나면서부터 천민이 되었다. 천민의 아이들은 개인의 능력과는 상관없이 벼슬에 오를 수 없었다. 이러한 법에 대해 어떻게 생각하는가?

3. 홍길동처럼 아버지를 아버지라 부르지 못하고, 형을 형이라 부르지 못하는 처지라면 어떻게 극복할 수 있을까?

천민인 어머니에게서 태어난 홍길동은 인간다운 삶을 누릴 수가 없었다. 하지만 홍길동은 그대로 주저앉거나 포기하지 않았다. 스스로의 힘으로 자신의 운명을 극복한 홍길동에 대해 생각해 보자.

?! 토론하기

1. 홍길동은 탐관오리를 비판하고 골탕을 먹이면서도 병조 판서라는 벼슬을 받고 싶어 했다. 그런 홍길동을 어떻게 생각하는가?
2. 길동이 세운 율도국은 모든 백성이 풍족하고 평화롭게 지내며, 올바른 정치가 이루어지는 곳이다. 그렇다면 내가 원하는 바람직한 우리나라의 모습은 무엇이며, 어떻게 발전하기를 바라는가?
3. 〈홍길동전〉은 대다수의 고전 소설과 달리 우리나라를 무대로 하며 한자가 아닌 한글로 쓰였다. 이러한 작가의 의도는 무엇이었을까?

조웅전

충신의 아들

중국 송나라 문 황제가 다스리던 시절, 남쪽에서 오랑캐가 쳐들어왔다. 집과 식량을 오랑캐에게 빼앗기고 심지어 가족까지 잃게 되니 온 나라에 울음소리가 가득했다. 이때 조정인이라는 사람이 나타나 의병을 일으켜서 나라와 황제를 구했다. 황제는 몹시 기쁜 마음으로 조정인에게 승상이라는 높은 벼슬을 내렸다.

그러자 조정인을 질투하고 미워하는 간신들이 생겼다. 그들은 조정인이 하지도 않은 나쁜 짓을 저질렀다고 거짓말을 하고, 조정인을 두둔하는 황제까지 괴롭혔다. 자신이 황제에게 짐이 된다고 생각한 조정인은 결국 스스로 목숨을 끊었다.

황제는 귀한 충신을 잃은 것을 슬퍼하며 충렬묘(충성을 다한 신하를 기억하기 위해 세운 사당)를 지었다.

"폐하! 조정인보다 충직한 신하들은 얼마든지 있습니다. 폐하를 가슴 아프게 만든 조정인을 어찌 훌륭하다 하겠습니까. 충렬묘를 없애고 그를 잊으시옵소서."

황제는 이관(조정인을 죽게 만든 간신들의 우두머리인 이두병의 아들)의 간사한 말에 화가 치밀어 올랐다. 건방진 이관에게 벌을 주라고 명령한 다음, 살아 있는 조정인의 부인에게 '정렬부인'이란 더 높은 지위를 주고 금은보화를 선물로 내렸다. 조정인에 대한 고마움과 그리움을 그의 가족들에게라도 표현하고 싶었던 것이다.

몇 년 후, 황제는 조정인의 아들을 궁으로 불러들였다.

"조정인의 아들이 꼭 보고 싶구나! 충신의 아들을 보면 내 답답한 가슴이 시원해지겠지."

조정인이 세상을 떠난 뒤에 아버지 없이 태어난 아들이 바로 '웅'이었다. 웅은 궁궐에서 나온 신하를 따라 황제를 만나러 갔다. 겨우 일곱 살이었지만 얼굴이 빛나고 걸음걸이가 의젓하여 조금도 아이 같지가 않았다.

웅은 황제 앞에서 공손하게 큰절을 올렸다.

"아버지 같은 훌륭한 충신이 되겠구나! 마침 우리 태자와 나이가 같으니 늘 함께 지내면서 궁궐에 머물도록 해라."

황제는 웅이 자신의 아들인 태자를 도와 장차 태자가 황제가 되었을 때 큰 힘이 되기를 바랐다. 그러자 웅이 깜짝 놀라 머리를 공손하게 숙이고 말했다.

"폐하! 황송하오나, 저는 아직 벼슬이 없는 어린아이입니다. 돌아가 공부를 열심히 하여 벼슬을 얻은 다음 돌아오겠습니다."

"아직 어리지만 네 생각이 깊구나! 네가 열세 살이 되면 내가 벼슬을 주겠다."

황제는 웅이 볼수록 대견하고 마음에 들었다.

어느덧 세월이 흘러 여든의 나이가 되어 가는 황제는 걱정이 많았다. 태자가 아직 어리니 나랏일을 잘 해 나갈지 염려되었기 때문이다.

그러던 어느 날이었다.

"어흐응, 어흥!"

갑자기 하얀 호랑이 한 마리가 궐 안에 뛰어 들어왔다.

"으아악!"

하얀 호랑이는 궁녀 하나를 덥석 물고 달아나 버렸다. 황제는 신하들에게 그 소식을 전해 듣고 두 눈을 감으며 생각했다.

'나라에 곧 아주 나쁜 일이 생기려나 보다.'

황제는 앞날을 걱정하느라 제대로 잠도 못 자며 괴로워했다. 황제는 몸이 점점 약해지더니 결국 세상을 떠나고 말았다. 아버지를 잃은 어린 태자와 백성들의 울음소리가 온 땅을 뒤흔들었다.

"으하하! 드디어 내가 황제가 될 때가 왔구나."

이두병은 자신을 따르는 신하들과 짜고 태자를 멀리 쫓아낸 다음에 스스로 황제가 되었다. 이두병은 황제의 자리에 앉자마자 자신의 큰아들을 왕세자로 삼았다. 그 소식을 들은 왕 부인과 조웅은 멀리 쫓겨난 태자를 걱정하며 밤낮으로 눈물을 흘렸다.

그러던 어느 날, 조웅이 잠이 오지 않아 밤거리를 거니는데 어디선가 아이들의 노랫소리가 들려왔다.

맑고 밝은 하늘에서 비가 쓸쓸하게 내리네

빗물은 충신의 눈물인가, 아니면 시인의 하소연인가

백성들아, 슬프지만

호수에 배 띄우고 좋은 날이 오기를 기다리자

그 노랫소리를 듣자 웅은 견딜 수 없이 슬퍼졌다.

웅을 보고 기뻐하던 문 황제가 너무나 그립고 한편으로 분했다.

"그냥 이렇게 돌아갈 수는 없어!"

조웅은 이두병의 잘못을 정확하게 알리는 글을 써서 황궁의 경화문에 붙여 놓았다. 조웅이 밖에서 어떤 일을 벌이는지 전혀 모르던 어머니 왕 부인은 집에서 잠을 자고 있었다. 왕 부인의 꿈속에 남편인 조정인이 살아 있는 사람처럼 나타나서 말했다.

"어서 일어나서 웅이를 데리고 이곳을 떠나시오!"

소스라쳐 꿈에서 깨어난 왕 부인은 웅을 찾아다녔다. 때마침 조웅이 대문으로 들어왔다.

"이 늦은 밤에 어디를 다녀오니?"

조웅은 망설이다가 어머니에게 사실대로 말을 했다. 왕 부인은 당장 조웅을 데리고 집을 떠났다. 왕 부인과 조웅은 먼 길을 떠나기 전에 충렬묘에 들렀다.

"아버지 얼굴을 그린 화상이 붉어졌어요. 얼굴이 땀에 젖어 있어요!"

마치 살아 있는 사람처럼 땀에 젖어 붉어진 아버지의 화상을 본 조웅과 왕 부인은 놀람과 슬픔을 동시에 느꼈다. 조정인의 화상을 뜯어 품에 간직하고 왕 부인과 조웅은 수십 리를 걸어갔다. 걷다 보니 어느새 날이 캄캄해지고, 강가에 이르렀다.

"곧 날이 밝으면 우리는 붙잡혀 죽을 텐데, 이 일을 어떻게 하지?"

그러자 등불을 단 작은 배 한 척이 쏜살같이 다가왔다. 돛단배에는 신비한 모습의 어린 뱃사공이 타고 있었다.

돛단배가 가까이 오자 왕 부인과 조웅은 얼른 올라탔다.

"덕분에 무사히 강을 건넜습니다. 이 은혜를 어찌 다 갚을지 모르겠어요. 이제 우리는 어디로 가야 목숨을 구할 수 있을까요?"

"부인, 잠시 곤란하고 급한 사정이 생겼다고 쉽게 죽지는 않습니다. 저 산을 넘어가면 사람들이 사는 마을이 나오니 그곳으로 가세요."

왕 부인과 조웅은 어린 뱃사공의 말대로 길을 떠났다.

한편, 경화문을 지키던 신하가 허겁지겁 달려가 이두병에게 전했다.

"아침에 보니 문밖에 이런 글이 붙어 있었습니다."

송나라 황실의 힘이 약해지자 간신만 잔뜩 모였구나! 백성이 운이 나빠 황제가 돌아가셨다. 태자가 아직 어려 힘이 없으니 간신이 설치는구나.

이두병은 가장 높은 자리에 있으면서 무엇이 부족하여 황제의 자리를 빼앗았는가? 태자는 어찌하고 네가 황제의 도장인 옥새를 가졌는가?

아, 어찌하나! 송나라 황실이 바르게 이어져야 하는데 이두병이 하늘의 뜻을 따르지 않았구나. 이두병, 네 죄를 있는 대로 다 쓰자면 벽보 한 장 가지고는 어림도 없다.

문 황제의 충신 조웅이 쓰노라.

이두병은 너무나 화가 나서 부들부들 떨면서 소리를 질렀다.

"누구든지 조웅과 그 어미를 잡아 오면 천금의 상과 함께 벼슬을 주겠다!"

그러자 상과 벼슬에 욕심이 생긴 군사와 백성들은 눈에 불을 켜고 온 나라를 뒤지고 다녔다.

왕 부인과 조웅은 어린 뱃사공이 말한 산을 넘어 계량섬 백자촌에 도착했다. 소나무와 대나무가 빽빽한 고요하고 깨끗한 마을이었다. 그곳에서 여자들만 사는 집에 들러 한동안 지내게 되었다. 그 집에서 서로 외로움을 달래면서 함께 살다 보니 어느새 조웅은 아홉 살이 되었다.

"어머니, 이곳에 계속 있기가 답답해요. 세상 돌아가는 소식도 듣고 싶고, 스승을 만나 공부도 하고 싶어요."

"네 뜻이 그러하니 떠나자꾸나."

다음 날 왕 부인은 안주인에게 공손히 감사의 인사를 하고 아들과 함께 길을 나섰다. 그렇게 길을 떠난 왕 부인과 조웅은 사흘이 지나서야 겨우 한 마을에 도착했다.

"황제께서 조웅과 그 어미를 잡아 바치면 천금의 상과 벼슬을 준다잖아! 부자가 되고 신분도 오를 수 있는 아주 좋은 기회 아닌가?"

"그렇고말고! 이 기회를 놓치면 안 되지."

마을 사람들이 모여서 떠드는 이야기를 들은 조웅 모자는 가슴이 섬뜩하고 정신이 아득해졌다. 급히 도망을 가던 왕 부인과 조웅은 깊은 산중에 들어가 서로 붙들고 눈물을 흘렸다.

"어머니, 이대로 산속에 있다가는 호랑이 밥이 되고 말겠어요. 사람이 죽고 사는 뜻은 다 하늘에 달려 있으니, 사람들이 사는 마을로 가면 어떨까요?"

왕 부인은 조웅의 말을 듣고 몸을 일으켰다.

"네 말이 옳다. 그런데 이대로 나가면 반드시 잡힐 테니, 차라리 내가 머리를 깎아 중이 되고 너는 나를 따라다니는 상좌가 되면 들키지 않겠구나!"

왕 부인이 짐 보따리에서 가위를 꺼내 조웅에게 건네주었다.

"내 머리를 어서 깎아라."

조웅은 눈물만 뚝뚝 흘렸다. 차마 어머니의 긴 머리를 깎을 수가 없었다.

"내가 지금 살아 있는 이유도, 또 앞으로 살아가는 이유도 다 너를 위해서란다. 어서 내 말을 듣거라!"

왕 부인의 호통에 조웅은 가위를 들고 어머니의 머리를 깎았다. 아름다운 긴 머리카락이 잘린 흉한 모습을 본 조웅은 가슴이 아파 엉엉 울었다.

왕 부인이 중으로 변장한 덕분에, 아무도 그녀와 조웅을 알아보지 못했다. 그렇게 떠돌아다니면서 삼 년이 흘러갔다. 이제 조웅은 열한 살이 되었고, 힘이 세져 강을 건널 때엔 어머니를 업고 건널 정도였다. 그러던 어느 날이었다. 그날도 배가 몹시 고팠던 왕 부인과 조웅은 길가에 앉아 있다가, 험한 산길을 내려오는 스님들에게 음식을 얻어먹었다.

"정말 감사합니다. 그렇잖아도 배가 너무 고파 쓰러질 것 같았어요. 덕분에 살았습니다."

그러자 한 스님이 빙긋이 웃으면서 말했다.

"부인! 어찌 저를 모르십니까? 바로 조 승상의 화상을 그렸던 월경이랍니다. 그때 제가 승상의 화상을 완성하여 드리자, 부인이 기뻐하면서 저에게 천금을 주셨습니다."

그제야 왕 부인은 월경 스님의 얼굴을 자세히 살펴보고 기억을 떠올렸다.

"오늘 부인을 만나게 될 줄 알고 있었습니다. 그때 부인의 모습을 보고 앞날의 어려움을 짐작하여 조 승상의 화상 뒤에 적어 놓은 글이 있습니다."

왕 부인은 월경 스님의 말을 듣자마자, 조 승상의 화상을 꺼내어 뒷면의 종이를 떼고 살펴보았다. 과연 거기엔 어떤 글이 적혀 있었다.

꽃처럼 아름다운 왕 부인이 어쩌다 머리를 깎으셨는지요?
왕 부인 배 속의 아이는 참으로 활발하고 의젓한 사내아이입니다.
아들로 상좌 삼고 중으로 변장을 하여도 얼굴이 그대로인데 어찌 모르겠습니까.
위나라 산양 땅 강선암에 사는 월경이 쓰다.

그제야 마음이 놓인 왕 부인은 서럽게 울었다.
"이제 아무 걱정 마십시오. 우리 절에서 지내다 보면 좋은 날이 올 것입니다."

월경 스님이 사는 곳은 신선들이 사는 곳처럼 참으로 아름다운 곳이었다.

"예전에 우리 절이 가난하여 비바람만 맞아도 무너지게 되었을 때였지요. 부인이 준 천금으로 이 절을 튼튼하게 고칠 수 있었답니다. 이제야 부인께 고마운 마음을 조금이라도 갚게 되었습니다."

여러 스님들이 입을 모아 하는 말에 왕 부인은 어쩔 줄을 몰랐다.

"적은 것을 드렸는데 저희 목숨을 살려 주시니 오히려 부끄럽습니다."

왕 부인과 조웅은 절에 머물 곳이 생겨서 마음이 놓였다. 이날부터 월경 스님은 조웅에게 글을 가르쳐 주고, 세상 모든 일에 막힘없이 통하는 재주도 알려 주었다. 조웅은 기쁜 마음으로 열심히 배웠기 때문에 실력이 쑥쑥 늘었다.

조웅이 월경 스님에게 글과 재주를 배우는 동안 세월이 흘러 어느 덧 열다섯이 되었다.

"어머니, 이곳이 아름다운 곳이라 해도 언제까지나 눌러 살 수는 없지요. 두루 돌아다니며 넓은 세상을 경험하고 싶습니다. 잠깐 세상을 구경하고 오도록 허락해 주세요."

왕 부인은 조웅이 위험에 처할까 두려워 말렸다. 그러자 월경 스님은 조웅의 편을 들며 말했다.

"이제 조웅은 힘이 생겨서 어떤 위험한 곳에 가도 걱정할 필요가 없습니다. 만약 조웅이 위험해질 것 같으면 제가 세상에 나가라 하겠습니까? 부디 조웅의 뜻대로 해 주시지요."

앞날을 내다보는 월경 스님의 현명함을 알고 있던 왕 부인은 고개를 끄덕였다.

세상을 마음껏 구경하다

조웅은 홀로 떠나는 여정에도 두렵기는커녕 기대에 부풀었다. 사람들이 많은 시장 골목을 지날 때였다. 어떤 노인이 삼척검(길이가 삼 척 정도 되는 긴 칼로, 일 척은 현재로 따지면 약 30센티미터에 달함)을 들고 나와 있었다. 사람들이 칼이 얼마냐고 묻자, 노인은 천금이 넘는 값이라고 대답했다.

조웅은 삼척검을 보고 두 눈이 휘둥그레졌다. 칼을 사고 싶은 마음이 간절했지만 그런 큰돈이 없었기에 그저 멀리서 바라보기만 했다. 이튿날 조웅이 노인을 찾아갔다. 월경 스님에게 돈을 빌려서라도 꼭 그 칼을 사고 싶었기 때문이다. 알고 보니 노인은 바로 조웅을 기다리고 있었다.

"하늘이 주신 훌륭한 칼을 주인에게 전해 주려고 기다렸지. 내 이름은 화산 도사라네."

화산 도사가 삼척검을 건네자, 조웅은 머리를 조아리며 받아 들었다. 조웅이 칼을 받아 보니 칼 가운데 금빛이 나는 글씨로 '조웅의 칼'이라고 새겨져 있었다.

"어디로 가면 제가 좋은 스승을 만날 수 있을까요?"

"남쪽으로 700리를 가면 관산이란 이름의 산이 있다네. 그 산에 철관 도사라는 좋은 스승이 있지. 단, 자네가 정성을 다해야 만날 수 있을 게야."

조웅은 철관 도사를 찾아 관산으로 향했다. 하지만 쉽게 만날 수가 없었다.

"스승은 어디 가셨습니까?"

어린 소년들이 바깥채에 둘러앉아 바둑을 두며 대답했다.

"요즘 냇물에서 고기 잡는 일에 재미를 붙이셔서 친구분들과 나가셨답니다."

조웅은 날이 캄캄해질 때까지 기다렸다. 하지만 철관 도사는 오지 않았다.

다음 날 찾아가고, 또 찾아가도 철관 도사는 없었다. 조웅은 긴 한숨을 내쉬며 안타까워했다.

"좋은 스승을 기다린 지 십 년이 되었어요. 겨우 스승을 찾아왔는데 뵙지도 못하는군요. 어떻게 해야 만날 수 있을까요?"

그러자 제자로 보이는 소년이 대답했다.

"사냥꾼이 기러기를 쏘아 맞히려다 실패하자 어떻게 한 줄 압니까? 자기 공부와 실력이 모자란 것도 모르고, 갖고 있던 활과 화살을 꺾어 버렸답니다. 그 사냥꾼처럼 당신은 자신의 정성이 모자란 것을 깨닫지 못하고 스승이 안 계신 것만 탓하는군요!"

조웅은 얼굴이 빨개지면서 부끄러워했다. 계속 눈이 빠지게 기다려도 철관 도사의 그림자도 나타나지 않았다. 한편 산속에 숨어서 지

켜보던 철관 도사는 문득 조웅이 가엾다는 생각이 들었다. 도사는 급히 산을 내려와 조웅이 써 놓고 간 글을 읽어 보았다.

십 년을 돌아다닌 나그네가 먼 곳에서 스승을 찾아왔다. 흐린 연못에서 용이 놀다가 날아오른다. 내 정성이 아직 모자란가 보다.

철관 도사는 조웅의 정성어린 마음을 느끼고 그를 제자로 받아들이기로 결심했다.

이날부터 조웅은 철관 도사의 가르침을 받기 시작했다. 스승인 철관 도사는 많은 것을 가르쳐 주었다. 하늘과 땅의 기운을 알아보는 법과 전쟁터에서 슬기롭게 싸우는 여러 병법, 칼을 잘 쓰는 법도 가르쳤다. 열심히 배운 덕분에 조웅은 눈앞의 일을 모두 분별하게 되었고, 땅을 가르고 바람을 베는 재주까지 생겼다. 또한 철관 도사는 아주 훌륭한 말도 거저 주었다.

얼마쯤 지나자, 조웅은 철관 도사에게 어머니를 잠시 만나고 돌아오겠다고 말했다.

"어머니를 기쁘게 해 드린 뒤에 빨리 돌아오너라."

조웅이 철관 도사에게 작별 인사를 올리고 말에 오르자, 말은 날개를 단 듯이 빠르게 달렸다. 먼 길을 달려 강호에 도착한 조웅은 몹시 피곤했다. 하룻밤 편히 머물 곳을 알아보다가 한 집에 신세를 지게 되었다.

그 집은 위나라 장 진사의 집인데, 진사는 일찍 세상을 떠나고 부인과 딸만 살고 있었다. 장 진사의 부인인 위 부인은 딸에게 훌륭한 짝을 만나게 해 주려고 손님이 머무는 방을 깨끗하게 마련해, 오고가는 손님들을 지극정성으로 대접했다. 혹시 손님 중에 좋은 사윗감을 만날지 모른다는 희망 때문이었다. 하지만 나이 어린 소년이 손님으로 왔다는 말에, 위 부인은 아예 조웅을 볼 생각도 하지 않았다.

그날 밤, 위 부인의 딸인 장 소저는 꿈에서 아버지를 만났다. 아버지는 훌륭한 짝을 데려왔다고 했다. 그런데 갑자기 누런 용이 나타나 장 소저의 몸을 친친 감는 게 아닌가.

"어머나!"

장 소저는 꿈에서 깨어나 마음을 가라앉히려고 책을 읽었다. 낭랑한 목소리가 달빛 아래 서성거리는 조웅의 귀에 들려왔다. 조웅은 용기를 내어 장 소저가 책을 읽는 방으로 들어갔다. 그러고는 장 소저의 아름다운 모습에 반해 버렸다. 조웅은 당황해서 당장 나가라고 하는 장 소저에게 자신의 마음을 진지하게 고백했다.

"지금은 홀로 세상을 떠돌아다니는 신세지만, 누군가를 사랑하기는 처음이랍니다. 내 마음은 앞으로도 변하지 않을 겁니다. 우리 아예 이 자리에서 결혼을 약속하면 안 되겠습니까?"

장 소저는 꿈에 나타난 아버지의 일도 마음에 남아 있고, 씩씩하고 늠름한 조웅이 마음에 들었다. 두 사람은 결혼하기로 약속하고 증표를 남기기로 했다. 조웅이 자신의 부채에 서로 만난 이야기를 글로 써 주었다.

장 소저와 조웅은 꿈결 같은 첫날밤을 함께 보냈다. 하지만 결혼을 약속하자마자 조웅은 금방 떠나야 했다. 어머니도 만나야 했고, 스승과의 약속도 있었기 때문이다. 장 소저는 사랑하는 사람을 떠나보내면서 부채를 품에 꼭 껴안았다.

한편, 조웅이 떠난 뒤로 왕 부인은 아들 걱정으로 날마다 마음이 불안하고 괴롭기만 했다. 그러던 어느 날, 그토록 그립던 아들의 목소리가 문밖에서 들려왔다.

"어머니, 어머니! 제가 돌아왔습니다."

왕 부인은 꿈이 아닌지 의심하면서 방문을 열었다.

"아니 이게 누구야? 내 아들 웅아!"

왕 부인은 조웅을 끌어안고 기뻐서 눈물을 흘렸다.

"네가 벌써 열여섯이 되었는데 내 마음이 무겁구나! 어서 좋은 짝을 만나야 하는데, 우리 처지가 집도 없이 떠돌아다니는 신세라서 참 딱하다."

왕 부인이 조웅의 늠름한 모습을 보며 긴 한숨을 지었다. 그러자 조웅은 어머니 앞에 무릎을 꿇고 앉아 사실대로 말씀을 드렸다.

"어머니, 솔직하게 말씀드릴게요. 사실 결혼을 약속한 사람이 있습니다."

"그게 정말이야? 어떤 아가씨인지 어서 말해 보렴."

조웅이 들려주는 이야기를 듣고 왕 부인은 화를 내기는커녕 무척 기뻐했다. 얼마 후 조웅은 속히 돌아오겠다는 스승과의 약속을 지키기 위해 어머니 곁을 다시 떠나게 되었다.

전쟁터에 나가다

철관 도사는 다시 돌아온 조웅을 더욱 사랑하고 아끼며, 밤낮으로 많은 가르침을 주었다.

어느 날, 새벽에 일어난 철관 도사가 조웅을 급히 불렀다.

"네 부인이 될 사람의 집에 지금 빨리 다녀와라! 이 약을 쓰면 죽을 고비를 넘길 거야."

조웅은 철관 도사가 준 환약 세 알을 가지고 장 소저가 사는 집으로 말을 달렸다. 장 소저는 조웅을 기다리다 마음의 병이 나서 목숨까지 위태로운 상황이었다. 조웅이 건네주는 약을 먹은 장 소저는 거짓말처럼 병이 나았다. 위 부인은 조웅이 다시 돌아온 것도 반갑고, 죽어 가는 장 소저를 구해 준 것이 너무 고마워서 달걀만큼 커다란 진주 한 쌍을 주었다. 훗날 조웅 어머니의 허락을 받으면 꼭 혼례를 올리기로 약속한다는 증표였다.

"스승님 덕분에 장 소저가 죽다가 살아났습니다!"

조웅은 다시 돌아와서 철관 도사에게 감사의 인사를 했다.

철관 도사가 조웅을 데리고 큰 바위에 올라가 하늘을 가리켰다.

"하늘의 별들이 차례를 정하지 못하니 세상이 어지럽겠구나! 지금 서번이 위나라를 치고 연이어 송나라를 치려 한다. 네가 나가서 위나라를 돕고 송나라 황실을 바로잡거라. 전쟁터에 가서 큰 공을 세울 때가 됐구나!"

"스승님, 작은 재주를 가진 제가 감히 큰 공을 세울 수 있을까요?"

"조금도 염려 말고 떠나라. 어지러운 나라를 바로잡고 네 집안의 원수도 갚아라!"

그리하여 조웅은 스승이 준 위나라의 깃발을 들고 전쟁터를 향해 떠났다.

어느 빈집에 들러 하룻밤을 지내고 있을 때였다. 군사 작전에 관한 책을 읽고 있는데, 사람처럼 보이는 귀신들이 번갈아 나타났다. 아름다운 여자와 우락부락한 장군의 모습이었다. 조웅은 용감하게 귀신을 쫓는 주문을 외워 쫓아내 버렸다. 그러자 이번에는 전쟁터에서 억울하게 죽은 장군이 나타나 자신의 원한을 풀어 달라고 부탁했다. 아까 나타났던 아름다운 여자도 다시 나타나 갑옷과 투구, 삼척검을 주면서 전쟁터에서 쓰라고 빌려주었다.

다음 날 조웅이 알아보니, 전날 나타났던 장군은 관서 장군 '황달'이었고 그의 묘가 근처에 있었다. 조웅은 황달 장군의 갑옷과 투구, 칼을 챙겨 위나라로 떠났다.

이제 위나라는 망했다는 생각에, 위나라 왕이 스스로 목숨을 끊기 일보 직전이었다. 바로 그때 조웅이 성난 호랑이처럼 나타났다. 그러고는 칼을 휘둘러 서번 장수를 단칼에 베었다.

"오늘 내 목숨을 구해 준 장군은 누구인지 알려 주시오."

위 왕이 몹시 기뻐하며 물었다. 조웅이 땅에 엎드려 지난날의 일을 숨김없이 이야기했다. 그러자 위 왕은 놀라고 기뻐하면서 말했다. 바로 조웅의 아버지가 위 왕의 옛 벗이었던 것이다.

"이제 너를 보니 내 친구를 만난 것처럼 반갑구나!"

위 왕은 조웅을 크게 사랑하는 마음이 생겼다. 그래서 대원수(전 군대를 통솔하는 대장)로 임명하고, 대장기를 고쳐 금색 글자로 '대국충신위국대원수'라고 쓰게 하였다. 위 왕의 신뢰와 인정을 받은 조웅은 감격하여 충성을 맹세하였다.

다음 날, 대원수가 된 조웅은 창을 잡고 말을 달려 서번의 군사가 있는 곳에 쳐들어갔다. 조 원수의 칼에 맞은 서번의 장수들은 모두 쓰러지고 위나라 군사들의 사기가 올라 싸움은 위나라의 승리로 끝났다.

"내가 정신이 점점 쇠약해지니 이제 위나라 옥새를 조 원수에게 전하고 싶구나.”

위 왕은 조웅을 후계자로 삼으려고 했지만 조웅은 펄쩍 뛰었다.

“대왕의 덕으로 나라가 이만큼 평온해졌습니다. 이제 저는 어머니를 뵈러 갈 것입니다. 또 멀리 떠나 계신 태자를 다시 찾아 모셔 올 것입니다.”

그러자 위 왕은 조웅을 도울 많은 병사들을 붙여 주었다.

조웅은 관서에 도착하자 황 장군의 묘를 찾아갔다. 그러고는 묘를 깨끗하게 정리해 주고 제사를 지내 주었다. 황 장군의 갑옷과 투구, 칼을 묘에 함께 묻어 주었다.

바로 그날 밤, 황 장군이 나타났다.

“한을 풀어 주신 은혜 잊지 않겠습니다.”

황 장군의 혼령은 조웅에게 감사의 인사를 올리고 하늘로 올라갔다.

조웅은 억울한 누명을 쓰고 옥에서 고생하던 장 소저의 어머니 위 부인을 구한 다음, 어머니가 있는 강선암으로 향했다. 뜻밖에도 강선암에는 행방을 몰랐던 장 소저가 왕 부인과 함께 서로 의지하며 살고 있었다. 위 부인은 죽은 줄 알았던 딸 장 소저를 만나 눈물을 흘리며 기뻐했고, 조웅은 이제 장 소저와 어머니가 무사함을 알았으니 더욱 행복했다.

조웅은 이후 태자를 구하려고 계량도로 급히 달려갔다. 살벌한 경비를 뚫고 태자가 머무는 방으로 숨어들었다.

"태자 저하! 저는 옛 충신 조정인의 아들 조웅입니다. 태자 저하를 구하려고 찾아왔습니다."

태자는 조웅을 보고 절망이 희망으로 바뀌면서 기뻐 어쩔 줄 몰랐다.

"내일 군사들을 이끌고 태자 저하를 모시러 오겠습니다."

조웅은 군사들을 데리고 태자를 구하러 계량도로 돌아왔다. 충신들이 줄에 꽁꽁 묶여 있고, 태자는 독이 든 사약 그릇을 받기 직전이었다. 참으로 아슬아슬한 순간이었다.

"네 이놈! 내 칼을 받아라."

조웅은 사약 그릇을 든 신하를 칼로 쓰러뜨렸다.

"태자 전하를 구하라!"

조웅은 태산부 자사와 모든 읍의 수령을 줄에 묶어 무릎 꿇게 만들었다. 조웅은 죄인들의 죄를 낱낱이 밝힌 다음 큰 잔치를 베풀었다. 그러자 태자 곁에 머물던 팔십 된 충신들이 흰머리를 날리며 덩실덩실 춤을 추었다. 조웅은 태자와 충신들을 모시고 위나라로 향했다.

위 왕이 태자 앞으로 달려나와 머리를 땅에 조아리며 용서를 구했다.

"이제야 태자를 모시게 되었습니다. 태자를 구하지 못했던 제 죄를 용서하소서!"

"내가 이렇게 살아 돌아온 것이 모두 다 위 왕이 보내 준 군사 덕인데, 무슨 용서를 구한단 말이오?"

태자와 위 왕이 서로 반가워하며 궁으로 돌아가니 모든 백성들이 거리로 나와 춤을 추고 노래하였다.

원수를 갚다

"하늘이 우리를 버리지 않으셨구나! 태자 저하가 살아 계시다고?"

조웅의 외삼촌인 왕한림과 충신들은 기뻐하며 역적으로부터 송나라 황실을 구하겠다는 의지를 더욱 굳혔다. 게다가 왕한림은 아버지도 없이 자란 조카 웅이 훌륭한 모습으로 나타나자 용기가 펄펄 솟았다.

바로 그때, 황제가 된 이두병이 머무는 궁궐은 발칵 뒤집혔다.

"조웅이 80만 대군을 몰고 쳐들어오고 있다는데 너희는 뭣들 하느냐?"

이두병은 발을 동동 구르며 불안에 떨었다. 그때 장수 세 사람이 요란한 소리를 내며 찾아왔다.

"저희 삼 형제는 일대, 이대, 삼대라 합니다. 폐하께서 병사를 내려 주시면 조웅을 잡아 바치겠습니다. 비록 재주는 없지만 조웅 하나쯤은 두렵지 않습니다."

그러자 이두병은 기뻐하며 군사 50만을 내주었다. 일대는 대원수, 이대는 부원수, 삼대는 선봉장이 되었다. 삼 형제가 백사장에 진을 치고 쉬는데, 스승으로 모시던 도사가 급한 발걸음으로 찾아왔다.

"하늘이 너희 삼 형제를 태어나게 하신 까닭은 큰일을 맡기기 위해서이다. 그런데 지금은 때가 아니다. 부디 군사들을 돌려보내고 나와 함께 돌아가자!"

도사가 엄하게 꾸짖었지만 삼 형제는 스승의 말을 따르지 않았다.

"저희 삼 형제가 조웅 하나 잡지 못할까 걱정하십니까? 남자로 태어나 그저 시간만 보내고 있으면 어느 때에 이름을 날리겠습니까?"

삼 형제는 오히려 고개를 뻣뻣하게 들고 자신들이 옳다고 여겼다.

"참으로 아깝구나! 너희 삼 형제는 다시는 나를 보지 못할 것이다."

도사는 삼 형제에게 등을 돌리고 곧장 조웅을 찾아갔다. 도사가 찾아가자 조웅은 한눈에 도사의 뛰어난 능력과 지혜를 알아보았다.

"부디 저에게 가르침을 내려 주십시오."

도사는 조웅의 겸손한 모습을 보고 감탄해서 비법을 알려 주었다. 일대와 싸울 때에는 안으로 들어가지 말고, 이대와 싸울 때는 백마의 피를 바른 칼을 사용하며 귀신 쫓는 주문을 외우라고 했다. 마지막으로 삼대와 싸울 때엔 삼대의 왼편은 가까이 하지 말라고 일렀다. 조웅은 도사의 말을 깊이 새기며 승리를 예감했다. 다음 날 조웅은 일대의 군사들이 모인 곳으로 달려갔다.

"일대야! 너는 어서 나와, 내 창을 받아라."

일대는 들은 체도 하지 않고 그렇게 열흘을 버텼다. 그러다 마침내 문을 열고 밖으로 달려나왔다. 두 장수가 힘을 겨루는데 아무리 오래 싸워도 승부가 나지 않았다. 날이 어두워졌을 때였다. 조웅의 신하인 강백이 싸움에 진 척하고는 일대의 진으로 달려오는데, 일대의 군사들이 착각을 하여 강백이 저희 장수인 줄 알고 이끌고 갔다. 그 모습을 본 일대가 깜짝 놀라 강백을 쫓아갔다. 그것도 모르고 일대의 군사들은 일대를 적으로 알고 일시에 덤벼들었다. 일대는 그렇게 자신의 부하들 손에 죽임을 당하고 말았다.

다음 날은 이대가 이를 뿌드득 갈며 칼을 들고 나타났다.

"조웅, 이 애송이야! 너를 잡아 내 형의 원수를 갚겠다."

이대의 칼이 바람을 가르는 순간이었다. 조웅은 남아 있던 힘을 다해 백마의 피를 바른 칼을 쳐들고 이대의 칼을 받아 쳤다. 그와 동시에 귀신을 쫓는 주문을 외웠다.

"이크!"

이대는 기겁을 하고 칼을 떨어뜨렸다. 그 순간 조웅의 칼이 이대를 내리쳤다. 그러자 키가 거인처럼 큰 귀신 장군이 나타나 큰 소리로 울면서 하늘로 날아가 버렸다. 조웅은 '이대는 분명히 귀신과 통하였구나!' 하고 생각하며 두 눈이 휘둥그레졌다.

조웅과 군사들은 이제 삼대의 진으로 쳐들어갔다.

"오늘 너를 꼭 잡아서 형들의 원수를 갚고 말겠다!"

삼대는 얼굴이 시뻘개져서 분을 못 참고 달려나왔다. 조웅은 도사가 알려 준 대로 왼편은 피하고 삼대의 오른편으로 달려들었다. 삼대는 항상 왼팔로 칼을 쓰면서 왼편으로 달려들었다. 조웅은 피하면서 오른편으로 덤비니, 아무리 싸워도 승부가 나지 않았다.

다음 날은 조웅이 아끼는 장군 강백이 나가서 삼대와 먼저 겨루었다. 이때 조웅도 같이 칼을 들고 달려나와 삼대의 오른쪽을 치니 삼대는 당해 낼 재간이 없었다. 별안간 강백이 삼대의 말을 창으로 찌르자, 말이 거꾸러지면서 삼대도 땅에 떨어졌다.

"바로 이때다!"

조웅의 칼에 맞은 삼대가 말에서 떨어지자, 갑자기 사나운 바람이 불며 푸른 안개가 피어나더니 두 줄의 무지개가 공중에 뻗쳤다. 조웅이 살펴보니, 죽은 삼대의 왼팔 밑에 날개가 돋아 있었다. 삼대까지 죽자, 이두병의 군사들은 금방 사기가 떨어져서 뿔뿔이 흩어져 도망쳐 버렸다.

"조 원수 만세! 우리가 이겼다!"

조웅의 군사들은 기뻐서 덩실덩실 춤을 추며 승리의 북을 둥둥 울렸다. 그 소식을 들은 이두병은 눈앞이 캄캄해지고 겁에 질려 어쩔 줄 몰랐다. 이 모습을 본 신하들이 은밀히 모여 살 방법을 의논했다. 아침이 되자, 전날 의논한 대로 조정의 모든 신하들이 이두병과 그

아들들을 몽땅 잡아 수레에 싣고 조웅에게 데려갔다.

"이두병, 너는 태자를 멀리 쫓아내고 사약을 내린 죄와, 또 어린 나를 잡으려고 병사를 보내 죄 없는 사람들을 괴롭힌 잘못을 알고 있는가?"

조웅은 이두병과 그 아들들을 끌고 황성으로 들어갔다. 또한 백성들의 마음을 안정시키고 충신들이 황궁을 지키게 한 뒤에, 위나라에 머물고 있는 태자를 모시러 갔다.

조웅이 태자를 모시고 황성에 도착하자, 장안의 백성들과 충신들이 기뻐하며 달려나와 격양가(태평한 세월을 기리는 노래)를 부르며 즐거워했다.

"조웅을 서번의 왕으로 임명한다!"

태자는 황제의 자리에 오르자마자 조웅과 공을 세운 사람들에게 큰 벼슬과 상을 내렸다. 그리고 이두병과 아들들의 모든 죄를 밝히고 목을 베었다. 이두병을 잡아 바친 조정의 간사한 신하들에게도 무서운 벌을 내렸다.

서번 왕이 된 조웅은 황제에게 작별 인사를 올리게 되었다.

"내가 자네를 먼 곳으로 보내고 한순간인들 어찌 잊겠는가. 부디 일 년에 한 번은 꼭 나를 보러 와 주게."

황제는 눈물을 흘리며 조웅의 손을 잡고 아쉬워했다. 조웅도 눈시울이 뜨거워지며 황제의 은혜에 감사했다.

태자가 황제로 즉위한 뒤로 송나라엔 해마다 풍년이 들고 산에는 도적이 없었다. 천하가 태평하여 온 백성이 마음 편히 잘 살았다. 조웅 역시 서번에서 백성들을 잘 보살폈다. 덕이 높은 임금을 만난 백성들은 임금을 무척 따르며 평화롭게 살았다. 조웅은 어머니, 장모 위 부인, 부인 장 소저와 함께 오랫동안 행복하게 살았다.

조웅전
부록

원전을 기본으로 하나 어려운 한자와 이해하기 힘든 부분은 풀어서 썼습니다. 또한 미루어 짐작할 수 있는 상황은 대화나 인물의 심리 상황을 추가해 고전에 쉽게 접근하도록 했습니다.

들어가기

장면1.

여학생 : 내 태몽은 아주 탐스럽고 예쁜 사과를 따는 꿈이었대. 그래서 내가 과일 중에 사과를 제일 좋아하나?

남학생 : 야, 태몽이랑 과일 좋아하는 거랑 억지로 엮지 마!

여학생 : 그러는 넌 태몽이 뭐였는데?

남학생 : …….

여학생 : 뜸들이지 말고 말해 봐, 궁금하잖아!

남학생 : 그게 말이야. 우리 가족들 중에 아무도 내 태몽을 꾼 사람이 없대!

여학생 : (당황해서) 진짜로?

장면2.

선생님 : 얘들아, 태몽이 있어야만 훌륭한 사람이 되는 건 아니야!

여학생 : 하지만 고전이나 위인전을 보면 신비한 태몽을 꾸고 태
　　　　어난 인물이 많잖아요!

남학생 : (시무룩해서) 선생님, 괜히 저를 위로해 주지 않으셔도
　　　　돼요.

선생님 : 아니야! 태몽이나 타고난 능력이 없어도 훌륭한 영웅이
　　　　될 수 있단다.

남학생 : 에이, 그런 영웅이 어디 있어요?

선생님 : 바로 〈조웅전〉에 나오는 주인공이지! 조웅은 하늘에서
　　　　특별한 능력을 받았다거나, 근사한 태몽으로 태어나지
　　　　도 않았어. 그래도 조웅은 자신의 의지와 노력으로 나라
　　　　를 구하는 훌륭한 영웅이 되었잖아!

여학생 : 처음 들었어요! 정말 조웅은 특별한 영웅이네요.

남학생 : 대박! 오늘부터 〈조웅전〉은 내 인생 최고의 책이에요!

장면3.

남학생 : 선생님, 제 인생의 고전 〈조웅전〉을 다 읽었거든요. 그래
　　　　서 삼행시를 지어 봤어요.

여학생 : 하여튼 삼행시는 금방 잘 짓는다니까!

선생님 : 오늘따라 더 기대가 되는걸!

남학생 : 조 : 〈조웅전〉은 다른 많은 고전처럼 지은이는 알 수 없

지만 영웅 이야기들 중에서 가장 널리 알려지고 읽
혀진 이야기이다.

웅 : 웅장한 중국을 무대로, 조웅은 하늘의 명을 받아 많은
고난을 겪으면서도 마침내 뜻을 이루게 된다.

전 : 전쟁터에서 수많은 적과 싸우면서도 지치지 않는 조
웅의 의지와 끈기를 배우고 싶다.

여학생 : 인정! 역시 삼행시는 나보다 낫다.

선생님 : 잘했어! 조웅의 훌륭한 점을 아주 잘 알고 있구나. 그럼
〈조웅전〉에 대해 더 자세히 알아보자.

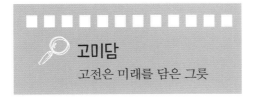

고미담
고전은 미래를 담은 그릇

고전 소설 속으로

〈조웅전〉은 작자와 연대를 정확히 알 수 없는 고전 소설이다. 간혹
'조원수전'이라는 제목으로 전해 내려오는 경우도 있다. 진충보국(盡
忠報國, 충성을 다해 나라의 은혜에 보답함)과 자유연애를 주제로 한
국문 소설이다.

비록 배경은 중국이나 조선 시대의 대표적인 군담 소설로 꼽히는

작품으로, 그만큼 많은 판본들이 전하고 있다. 국문 필사본으로만 241편, 방각본 178편, 국문 활자본으로만 31편으로 모두 450편이나 된다.

이 소설의 배경은 중국 송나라 문제 시절이다. 간신 이두병의 모함으로 고통을 겪다가 죽은 조정인의 아들 조웅이 주인공으로 나온다. 조웅은 일찍이 태자와 더불어 후일을 기약하고 헤어져 방랑하다가 장 소저와 결혼 약속을 하게 된다. 또 위기에 처한 태자를 구출하고, 송나라를 구해 낸다는 내용이다.

〈조웅전〉을 쓴 지은이는 조선 후기 세도 정치에 대한 반감과 저항 의식을 가지고 있던 사람이거나, 권력층의 횡포에 원한과 울분이 쌓였던 인물일 것으로 추측되기도 한다.

미리미리 알아 두면 좋은 상식들

• 군담 소설과 영웅 소설에 대하여

조선 시대의 대표적인 소설 양식 중 하나로 꼽히는 군담 소설은 군담 즉, 전쟁 이야기가 주된 줄거리가 되는 소설이다. 그런데 군담 소설에 대한 명확한 개념을 정의하기는 쉽지 않다. 그래서 '군담 소설'과 '영웅 소설'이란 용어를 명확히 구분하지 않은 채 혼용해서 사용하기도 한다.

영웅 소설이란 '영웅의 일생 구조'에 입각한 소설적 내용이 주를 이루는 소설이다. 영웅 소설의 상당수가 주인공의 군사적 활약상을 주요 내용으로 하기 때문에 군담 소설이라 부르고 있다. 허나 영웅 소설의 구조를 지닌 작품들 중에는 군담이 전혀 없거나 별로 중요하지 않은 것들도 있다. 따라서 군담 소설이 대부분 영웅 소설이기는 해도, 영웅 소설이 전부 군담 소설이라고 볼 수는 없다.

군담 소설의 특징은 주인공이 전쟁을 통해 영웅적 활약을 드러내고, 그와 같은 과정을 통해서 입산하게 되는 일대기적 구성에 있다. 군담 소설의 작가들은 조선 후기에 등장한 몰락 양반 또는 중인 계층으로 추측된다. 또한 소설을 인쇄하거나 대여하는 상업적 집단의 발달로 보아 부녀자, 평민 등 다양한 독자층이 형성되었던 것으로 여겨지기도 한다. 뿐만 아니라 강담사, 전기수 등의 구연(口演) 집단에 의해 대중화되었다고 본다.

● 군담 소설의 플롯과 종류

군담 소설은 대부분 플롯이 유사하다. 주인공은 벼슬이 높고 권세 있는 가문에서, 부모의 극진한 기도와 정성을 통해 태어난다. 그는 난리나 혹은 간신들의 모함 때문에 부모와 이별하면서 고난을 겪게 된다. 그 과정에서 조력자가 나타나 도움을 주고 비범한 능력을 배우게 된다. 그때 나라는 전란으로 위기를 당하지만, 주인공의 눈부신 활약으로 나라의 위기를 해결한다. 주인공은 그 공적을 인정받아 임금이 내리는 높은 벼슬을 얻게 된다. 또한 헤어졌던 가족과 다시 만나거나 집안을 다시 일으켜서 행복한 결말을 맺게 된다.

이런 면에서 〈조웅전〉을 살펴보면, 조웅이 태어날 때 부모가 극진하게 기도를 하고 정성을 들였다는 내용이 보이지 않는다는 것을 제외하고는 모든 요소가 들어맞는다. 그래서 〈조웅전〉은 군담 소설이라고 볼 수 있다. 이러한 군담 소설은 소재에 따라 창작 군담, 역사 군담, 번안 군담 등으로 나누어진다.

1. 창작 군담

창작 군담은 '통속적 창작 영웅 소설'로도 일컬어진다. 외형적으로는 대의적인 영웅의 일생 구조를 구현하고 있다. 또한 주인공 개인의 욕망 실현 과정을 그리는 작품들을 말한다. 창작 군담은 역사 군담에 비해 허구적인 성격이 강하며 지은이가 분명하지 않다는 특징을 갖는다.

역사적인 사건을 소재로 하지 않고, 가공의 인물이 가공의 시간과 공간에서 벌이는 사건을 그린 〈조웅전〉 역시 창작 군담 소설이라고 할 수 있다.

2. 역사 군담

역사 군담은 임진왜란, 병자호란과 같은 실제 사건을 소재로 한다.

인물들의 활약상을 그리면서, 가공의 인물과 실존 인물이 같이 등장한다. 가공의 인물과 실존 인물이 공존하면서 대립하는 구조로 된 작품을 뜻한다.

3. 번안 군담

번안 군담은 번역 혹은 번안한 작품들 중에 싸우는 이야기가 중심이 된 작품을 말한다.

담고 싶은 이야기

• <조웅전>이 다른 영웅 이야기와 다른 점

조웅에게는 다른 영웅들과 구별되는 특징이 있다. 주인공이 태어날 때 부모가 아들 낳기를 기원하는 정성이나 태몽, 혹은 천상에 사는 신선이나 선녀가 땅에 내려왔다는 등의 이야기가 나타나지 않는다. 이는 조웅의 비범한 능력이 타고난 것이 아니라 후천적인 것임을 보여 주는 장치이다. 독자들은 주인공과 평범한 자신을 동일시하여 줄거리에 더 흥미를 느끼게 된다.

이 작품에는 도술로 바람과 비를 일으키거나 호랑이와 표범으로 변하는 등의 내용도 나타나지 않는다. 주인공 조웅은 다른 영웅들처럼 특별한 능력으로 위기를 극복해 나가지 않는다. 조웅은 어려서부터 많은 위기를 만나지만, 그때마다 조력자들이 나타나 도움을 준다. 스승인 도사들이나 다른 조력자가 주는 도움을 조웅은 겸허하고 감사하게 받아들인다.

또한 조웅은 좋은 스승을 찾기 위해 정성을 다하고, 스승이 가르쳐 주는 학문과 무예를 최선을 다해 익힌다. 비록 과정은 험난하고 어려웠지만, 그래도 자신을 아끼고 도와주는 스승들 덕분에 어떤 어려움도 잘 헤쳐 나간다. 스승과 어머니의 말씀을 잘 따르고 약속을 반드시 지키는 조웅의 의리는 큰 미덕이기도 하다.

• <조웅전>에 나타난 자유로운 사랑의 결실

대부분의 고전 소설에 나오는 주인공들은 하늘의 뜻이나 부모의 뜻에 의해 결혼을 한다. 그런데 조웅은 우연히 만난 장 소저에게 첫눈에 반해서 사랑을 느끼게 된다. 게다가 장 소저에게 결혼을 약속하고 미리 하룻밤을 함께 보내는 장면은 격식을 깨뜨리는 놀라운 장면이다. 시대를 앞서가는 자유연애를 보여 주었기 때문이다.

조웅은 장 소저와 결혼을 약속한 것을 어머니에게 감추지 않는다. 오히려 사랑하는 여인이 생겼다고 정직하게 고백한다. 또한 장 소저와의 결혼 약속을 끝까지 지키기 때문에 그 사랑은 책임과 신뢰를 수반하고 있다.

조웅과 장 소저가 스스로 이룬 사랑과 결혼은 독자들에게 신선하고 파격적으로 다가왔을 것이다. 어쩌면 이미 당대의 대중들은 그러한 자유로운 사랑을 바라고 있었을지도 모른다.

고미답
고전은 미래의 답이다

고민해 볼까?

군담 소설 〈조웅전〉이 인기가 많았던 이유는 무엇일까?

모든 이야기는 갈등이 치열할수록 재미가 있다. 갈등이 없는 잔잔한 이야기는 궁금하지도 않고 밋밋하기 때문이다.

〈조웅전〉에는 아주 뚜렷한 갈등이 나온다. 그 갈등의 핵심은 조웅과 이두병의 대립이다. 갈등의 시작은 조웅의 아버지 조정인과 이두병의 대립에서 시작되었다. 이 관계는 송 황제 문제와 이두병의 대립으로 연결된다. 이야기의 발단에서 조웅의 아버지인 조정인은 황제의 사랑과 신뢰를 받는데도 불구하고 이두병의 모함을 못 이기고 스스로 죽음을 선택한다.

겉으로는 간신과 충신의 대립이라고 볼 수 있지만, 더 복잡하게 파고들어 가면 새로운 권력에 의해서 기존에 있던 황제의 권위가 무너지는 것을 보여 준다는 해석이 가능하다.

따라서 조정인과 이두병의 대립은 황제의 권위를 지키려는 세력과 황제의 권위에 대항하고자 하는 세력 사이의 대립이라고 할 수 있다. 송문제가 죽은 후에 이두병이 황제의 대권을 빼앗자 기존의 정치 질서가 무너진다. 결국 조웅은 자신의 아버지처럼 송문제를 옹호하던

구(舊) 정치 질서의 대리인 자격으로, 이두병은 신(新) 정치 질서의 전형으로 끝까지 대립하게 되는 것이다.

고려 말에서 조선 건국에 이르는 과정을 보아도 알 수 있다. 고려의 마지막 충신이었던 정몽주가 조선을 세우려는 이성계의 대리인으로 찾아온 이방원에게 죽임을 당하면서까지 뜻을 굽히지 않은 일화는 유명하다.

또한 〈조웅전〉은 귀족 영웅인 조웅이 이두병을 물리치고 그 자리에 태자를 돌려놓음으로써 모두 행복해졌다는 결말로 끝난다. 이는 독자들이 조선 사회 체제가 무너지거나 아예 새로운 변화를 원하는 것이 아니었음을 보여 준다는 견해가 있다. 조선이 원칙적으로 추구하던 원래의 모습으로 회복되기를 바란 것이다.

이 소설을 수많은 독자들이 좋아했던 이유는, 소설의 독자인 조선 후기의 중인이나 평민, 몰락한 양반들이 원하던 이야기를 담고 있었기 때문이다. 비록 조선 후기 사회는 암울했지만, 백성들이 원했던 이상향은 현군과 충신이 이끌던 옛 태평성대와 같다고 보여진다.

미처 생각하지 못한 질문

1. 세 도사들은 조웅에게 각각 어떤 영향을 미쳤는가?
2. 일대, 이대, 삼대 삼 형제는 싸움터에 나가지 말라는 스승의 말을 왜 듣지 않았을까?
3. 조웅이 가진 가장 훌륭한 점은 무엇이라고 생각하는가?

〈조웅전〉에 나오는 인물들이 책에 나오는 이야기와 다르게 행동했다면 어떻게 되었을까? 위기의 상황에서 다른 선택을 하면 결과는 어떻게 달라질까? 나라면 그 인물이 되어 어떻게 행동할지 생각해 보자.

?! 토론하기

1. 죄를 지은 적도 없는데 누명을 쓴 조정인은 자신이 황제에게 짐이 된다고 생각하고 스스로 목숨을 끊었다. 부인과 자식을 두고 떠난 조정인의 선택은 과연 옳았을까?

2. 조웅은 처음 만난 장 소저에게 첫눈에 반해 사랑을 느끼고 결혼을 약속했다. 내가 장 소저라면 처음 보고 훌쩍 떠난 조웅의 약속을 믿을 수 있었을까?

3. 만약 조웅이 철관 도사를 만나지 못해 미리 포기하고 떠났다면 어떻게 되었을까?

교과서에 나오는 우리 고전 새로 읽기 4

초판 1쇄 인쇄 2020년 3월 25일
초판 1쇄 발행 2020년 3월 30일

글쓴이 정 진
그린이 김주경
펴낸이 김옥희
펴낸곳 아주좋은날
편집 이지수
디자인 안은정
마케팅 양창우, 김혜경

출판등록 2004년 8월 5일 제16 - 3393호
주소 서울시 강남구 테헤란로 201, 501호
전화 (02) 557 - 2031
팩스 (02) 557 - 2032
홈페이지 www.appletreetales.com
블로그 http://blog.naver.com/appletales
페이스북 https://www.facebook.com/appletales
트위터 https://twitter.com/appletales1
인스타그램 appletreetales

ISBN 979-11-87743-80-4 (44800)
ISBN 979-11-87743-75-0 (세트)

이 도서의 국립중앙도서관 출판예정도서목록(CIP)은 서지정보유통지원시스템 홈페이지(http://seoji.nl.go.kr)와
국가자료공동목록시스템(http://www.nl.go.kr/kolisnet)에서 이용하실 수 있습니다.
(CIP제어번호 : CIP2020010169)

아주좋은날 은 애플트리태일즈의 실용·아동 전문 브랜드입니다.

어린이제품 안전특별법에 의한 기타 표시사항

품명 : 도서 | 제조 연월 : 2020년 3월 | 제조자명 : 애플트리태일즈 | 제조국 : 대한민국
사용연령 : 13세 이상 | 주소 : 서울시 강남구 테헤란로 201, 5층(02-557-2031)